DIE
HARDER

The meaning of being lies in immortality

DIE
HARDER

The meaning of being lies in immortality

DIE HARDER

NATIONAL BESTSELLING AUTHOR OF "KILLER"

The meaning of being lies in immortality

拼命去死

導演《殺手系列》九把刀
編劇《那些年，我們一起追的女孩》柯景騰
製片《少林寺第八銅人》Giddens

NATIONAL BESTSELLING AUTHOR OF "KILLER"

The meaning of being lies in immortality

DIE HARDER

拼命去死

CONTENTS

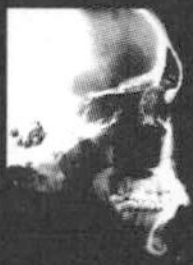

第一章

[用陰莖聽MP3的偉大神蹟]

上帝的概念是被發明來作為生命的敵對概念。來世的概念是被發明來貶低生存者的價值。
——尼采《瞧！這個人！》

1

如你所知。

這件事發生後的第十七天，我上了時代雜誌，被稱為傳奇。

這件事發生後的第三百六十七天，我完全失去新聞價值。

「布拉克先生，你……你已經死了？」

就是從醫生這句話開始。

當時我正坐在看診間裡，對這句莫名其妙的宣判有點迷惘。

「我死了，怎麼坐在這裡跟你說話？」我不覺得很好笑，嘴裡還含著溫度計。

「可是……你的心跳……」醫生拿著聽診器的手還在顫抖。

一旁的護士也張大了嘴巴，不曉得該怎麼處理我的狀況。

我皺眉，頗有不滿。

雖然沒什麼感覺，但我都已經靠自己的力量走來急診室了，絕對是個奇蹟。現在這種節骨眼，無論再怎麼沒醫學常識，都得先將插在我背上的那把刀拔出來吧?!

醫生拿起微型手電筒，對著我的眼睛猛照。

護士從我的嘴裡抽出溫度計。

從他們的表情，我感覺不妙。

很不妙很不妙。

「瞳孔對光線沒有反應。」醫生試圖鎮定下來，語氣卻支支吾吾。

真是個爛醫生，就算我傷得再重，也該說點什麼鼓勵的話吧？

「醫生？」護士瞇著眼睛，歪著臉貼近溫度計。

「嗯？」醫生眼神空洞地看著我。

「攝氏二十五度，布拉克先生的情況非常不樂觀啊。」護士的表情就像是吃壞了肚子。

醫生像是壓抑許久地抓頭大叫：「什麼不樂觀！這個人分明就是死了啊！」

這一吼，急診室裡所有的醫生護士都看了過來。

這種場面讓我覺得被嚴重冒犯了，我拍著吼回去：「去你媽的！叫一個願意幫我拔掉背上刀子的醫生過來！」

「沒有心跳！嚴重失溫！瞳孔沒有反應！你這不是死掉是什麼！」醫生崩潰。

「什麼爛醫院！等我出去一定開記者會踢爆你們！」我氣炸了。

接下來的五分鐘，我的衣服被剪開，胸前被貼上涼涼的小圓形鐵片，啟動開關，機器上的心電圖只剩下水平的一條線。

搞屁啊，連一台像樣的機器都沒有嗎？

「死透了。」一個癡肥的護士不由自主往後退了一步。

「一點生命跡象都沒有。」一個權威模樣的醫生假裝咳嗽：「要好好研究。」

一個在四十分鐘前跌斷腿的工人坐在急診室病床上，眼神迷離地結論：「我不要跟這個人待在同一間房，我要立刻出院……」

即使他們都在比賽胡說八道，我還是相當堅持要將背上的刀子給拔出來。

拗了很久，好不容易才有一個猜拳輸了的實習醫生走過來，在好心護士的幫忙下、手忙腳亂將那把刀子慢慢抽出。

刀子拔出來的瞬間，並沒有像我演過的B級黑道電影一樣，血噴得到處都是。

老實說，我甚至一點感覺也沒有。

幾個醫生不約而同圍了過來，議論紛紛。

「血已經變成黑色的了。」

「很濃稠，像是……停止流動很久似的。」

「依照這把刀子的長度跟剛剛拔出來的角度，應該確實刺破心臟才對啊！」

「確實是刺破了，因為完全沒有心跳啊。」

「受了這種傷，別說走來醫院，連開口拼單字都有問題了。」

「要研究病人受到什麼感染嗎？」

「呸，你當他生化殭屍啊？」

這些一點也不尊重我的對話持續了幾分鐘，根本就無視我的存在。

就在我進一步要求他們替我包紮傷口時，兩個醫生交換了眼神，迅速將我壓在床上。另一個眼睛發紅的醫生著魔似的拿起電擊器，大叫：「通電！」

我慌張大叫：「你們要幹什麼！」

護士訓練有素地在我胸口塗上厚厚一層涼膏，一瞬間電擊器就這麼壓了下來！

轟！

我聽到電流在體內吱吱作響的恐怖聲音，但除了恐懼，並沒有想像中的痛。

心電圖依然是安安靜靜的一條水平線。

「再通電！」另一個醫生換手，高高舉起電擊器。

「等一下！你們沒有權力……」我又急又氣。

要命的電擊器狠狠壓住了我的胸口，我的身體又是一陣呼應式的狂震。

這些電紅了眼的醫生像是在比賽誰的手氣好，每個人至少輪流電了我一次。

我覺得這家醫院的設備真是太差勁了，一點作用都沒有。

電久了，我不禁很想笑。

身為一個演員，我根本沒有上過任何媒體版面。然而光是剛剛半小時之內發生的事，就可以讓我上一次歐普拉的專訪，還可以分兩個禮拜播出。

不，不不不，那得看賴瑞金跟歐普拉誰出的價錢高些。

加油添醋一番，甚至可以寫一本書。我那許久不見的經紀人一定會這麼建議。

最後一個試手氣的醫生，高高舉起冒著焦煙的電擊器。

「心臟完全壞死了。」他鄭重宣佈。

我冷笑：「……真是稀奇啊。」

若電擊器沒壞，我才真的會被你們電死咧！

抱著看好戲的心態，不再抗拒的我被推去做各式各樣的精密檢查。

從頭到尾十幾個醫生亦步亦趨地跟著我，用許多我聽不懂的醫學名詞大聲討論為什麼我竟然還沒死。

當我照完X光，還有一個白目醫生要求跟我、還有沒有心跳反應的心電圖一起用手機合照。

我記住他的臉，打定主意一離開這裡就找律師告死他，削一筆大錢。

2

事情的演變相當符合好萊塢電影的邏輯。

不知道是誰報的警，在我被推出核磁共振的機器洞穴後，幾個竊竊私語的警察走了過來，圍著躺在病床上的我問話。

例如昨天晚上我人在哪裡、目擊者有誰、記不記得是誰殺了一把刀在我背上、怎麼不叫救護車而是自己走來醫院之類的。

「因為醫院就在我住的地方，半條街的距離。」我淡淡地說。

「但是你傷得那麼重……」拿著錄音筆的警察遲疑地說。

「我這個人就是勇敢，勇敢犯法嗎？」我沒好氣。

原本那些警察想帶走我，但被醫院強力阻止了。

「如果他離開醫院，沒有專業的醫療照顧，隨時都會死的。」醫生義正詞嚴。

「真好笑，你們不是一直強調我早就死了嗎？」我哈哈大笑起來。

這些警察並沒有盤問我太久。

筆錄做到一半，幾個穿白色隔離衣的傢伙大吼大叫衝了進來，有的還拿著衝鋒槍還是機關槍之類的武器，神秘兮兮地將我綁在擔架上推了出去，不管我怎麼問話都不回答我。

我看見黃色的封鎖線在擔架推行的路徑上一條封過一條，煙霧狀的消毒粉像噴農藥一樣漲滿了整條走廊。排場真大，害我不禁有點緊張起來。

理所當然，那些穿白色隔離衣的傢伙來自軍方。

但沒太大差別，只是裝模作樣的人換了一批。

我被扔進軍用救護車後，立刻被透明塑膠簾給包圍住，緊急送往軍事基地。

□

軍事基地對待我之不友善，如同對待外星人。

不想寫得太流水帳，總之軍方毫不理會我的冷嘲熱諷，重新對我做了很多檢查，還用針筒從我身體裡抽出一些黑色的液體跟刮了一些碎片，大概是要搞實驗。過程中有很多儀器我根本看都沒看過，想必是奇怪的尖端科技。

檢查告一段落，我被「安排」住進一間四周都是強化玻璃的大房間。

房間裡除了一壺白開水跟一只空寶特瓶外，什麼都沒有。

但房間外面可就多采多姿了，十幾個荷槍實彈的陸戰隊對著我站崗，幾個醫生模樣的人

拿著一堆報表手舞足蹈，還有一個將軍模樣的人不斷皺著眉頭說話。

到了這種地步，我想不是機器失誤還是醫生發瘋可以說得通了。

我自己摸著胸口，的確沒有感覺到心跳，將手指放在鼻子下，也沒有呼吸。

我開始發慌，對著玻璃拳打腳踢鬼吼鬼叫：「檢查結果呢！我有權利知道我身體的檢查結果！美國是講法律講人權的地方！我要聽報告！」

過了很久才有一個醫生在陸戰隊的戒護下，走進玻璃屋跟我對談。

□

他們想從我背上那把刀說起。

但對於那把刀，我已經解釋了幾十遍。

「你是說，殺害你的人疑似一個流浪漢？」

「是，當時我在酒吧裡喝醉了，記得不是那麼清楚。」

「你還記得流浪漢長什麼樣子嗎？」

「我沒印象。不過只要我再看見他，應該可以指認出他吧。」

「你被殺了這一刀後，還自己走回家去睡覺？」

「想必我醉得太厲害。」

「可這一刀不是淺淺的傷口，它直接攢破了你的心臟。」醫生用剛剛從冰箱裡拿出來的語氣說：「布拉克先生，你不可能是走回家才死的，你是當場暴斃。」

「死？」我兩眼無神。

「你沒有心跳，沒有呼吸，腦細胞也因為缺氧徹底壞死了，淋巴系統跟血液循環系統都沒有流動，瞳孔對光線也沒有反應，不管死亡在各個國家的法律裡屬於哪一種定義，布拉克先生，你都完全符合。」

「那我是活殭屍嗎？」

「不確定，因為我們從未發現過所謂的活殭屍。」

「那我是體質突變嗎？」

「醫學上沒這種名詞，至少我們還沒發明出來。」

「我遭到了感染嗎？」

「這是我們正在懷疑的事，未來幾個小時都會持續觀察你的狀況。」

「能否簡潔扼要地說明一下……我究竟是怎麼回事？」

醫生面無表情地看著我：「很多疑點，但有件事是千真萬確的。」

「？」

「你是個死人。」

我勃然大怒，整個人撲了上去！

突然我聽見一聲轟然巨響，那巨響在我的腦袋後方炸開，扯動了我的頸子。

我呆呆地看著醫生後面的陸戰隊隊員。

那個戴面罩的陸戰隊眼神散亂，喃喃自語：「對不起！我……我平常打電視遊戲機……我……我一時反應太快！我只是盡了保護醫官的責任啊！」

那步槍槍口還對著我，冒著淡淡的白煙。

我不由自主摸著我的雙眉之間，上面多了一個小小的圓孔。

再反手一撈，我的後腦勺整個碎開，亂七八糟地流出一大堆東西。

「不要緊，殺了布拉克先生的不是你，是那個流浪漢。」

醫生慢慢站了起來，用很遺憾的眼神穿透我的身體。

我的額頭冒著煙。

但我沒有幽默感噗哧一聲笑出來。

3

他們離開，依舊留下我一個人。

這下我什麼都清楚，也什麼都搞糊塗了。

除了每隔一個小時就會有人穿隔離衣進來抽我的血、量我的體溫、叫我吐舌頭翻眼珠給他們拍照。空蕩蕩的玻璃屋內外，無人真正理會過我。

摸著破了一個大洞的後腦勺，我有很多時間回憶自己的人生。

後來事實也證明如此。

我是個演員。

沒名氣，連二線演員都談不上，參與過許多排不上院線的錄影帶電影的演出，演的都是一些不可能讓任何人產生印象的小角色。

例如被連續殺人魔宰掉的第二個犧牲者。只有兩個鏡頭的電梯服務生。幫黑社會老大提皮箱的小弟。在賭桌上發牌的荷官。圍毆男主角的四個打手之一。

雖然沒有名氣更毫無地位，但我完全不計較演出的角色。我的身手不錯，有時還會擔任任務簡單的特技演員。很多導演都樂於找我軋一角，幾年下來也攢了點錢，但主要還是靠著三年前刮中了一次樂透彩三獎的獎金維生，付清了一間位於紐約曼哈頓的小公寓貸款。

我有兩個維持穩定性關係的女友，一個沒住在一起的老婆，一個偶爾還一起睡的前妻，一條走失多年的沙皮狗。

我平時有練拳健身的習慣，維持隨時可以擔綱男主角的身材，雖然我壓根不認為自己會有那麼一天，但人沒有夢想對自己交代不過去。比起大多數超過四十歲的中年男子，有練拳習慣的我體力算是出類拔萃，性能力更是超強——由於我的工作有點特殊，我這方面的機會不少，這也是我當初選擇踏入這一行的原因之一。

偶爾我會在威利開的酒吧裡看球賽，賭場球，順便看看有沒有搞頭。酒吧裡的常客都認識我，即使不認識也看熟了臉。在酒吧，大家偶爾一言不合打個架也沒什麼大不了，有時候我們還會彼此介紹幾個比較好上的貨色，算是個好地方。

那晚洋基隊奇蹟似連七勝擠進季後賽，整個酒吧裡的人喝醉了。

我醉到抱不動一個醉倒在沙發上的金髮美女，只好草草拖著她在廁所裡完事。拉上拉鍊後，我獨自打著酒嗝回家。

事情呢，就是在那條我走了上萬次的小巷子裡發生的。

巷子很暗，總有幾個流浪漢在裡面鬼鬼祟祟，我從不以為意，畢竟他們都是一些連動手行搶都覺得很累、才會墮落至此的懶惰蟲。

該死的例外像隕石一樣擊中那條暗巷。

不知道是哪個流浪漢中了邪，竟然勤奮地趁我摔倒在垃圾桶旁邊的時候動手動腳，想從我的身上摸出錢來。

我大概是揮了幾拳，還是沒有？我記不清楚了。

那把刀一定就是在那個時候插在我的背上。

我醒來的時候已經躺在我的大床上，被我踢到床下的鬧鐘顯示下午一點。

對於我是如何從遇襲的暗巷走到五分鐘腳程外的公寓、再搭電梯上到七樓、從十一把鑰匙中拿出對的那把插進鎖孔開門，完全沒有一點印象。

床上並沒有很多血，我也不感覺痛，對暗巷遇襲那件事可說一時沒想起來。

雖然不累也不倦，但我還是想如往常洗個熱水澡，外套一脫，發現脫不下來。莫名其妙走到鏡子前一看，才發現一把狗娘養的刀穿過外套，插進了我的背。

「見鬼了。」

、

我對著鏡子嗤之以鼻，還有閒情逸致拿手機自拍了一張。

此後的事你便很清楚，我卻很糊塗。

4

我是死了。

即使一個小時前我「還算活著」，現在我的腦袋正中了一槍，肯定也死了。

我究竟被搞了什麼，怎麼死到這程度還活著，而且意識他媽的無比清醒呢！

我看了很多電影，也演了很多你沒看過的爛電影。但我想我們一定同時想到了「惡靈古堡」、「28天毀滅倒數」、「活人生吃」、「芝加哥打鬼」、「活死人之夜」、「活屍禁區」、「生人迴避」、「活屍日記」這些殭屍橫行的片子。加上只發行影碟不上戲院的C級片就更多了。

在那些片子裡，一大堆行動遲緩的殭屍在大街小巷裡走來走去，口中不時發出沒有意義的喃喃聲。遇到人就咬，看見會動的東西就想吃，被打爛腦袋才會「死掉」。

我現在意識清晰，但可不保證幾個小時、甚至幾分鐘後我還會如此。畢竟我的腦袋有一半都摔在地上塗得亂七八糟，要說我還有腦，實在說不過去。

過不久，我可能也會變成其中之一。像蛆蛆一樣意義不明地活著。

想到這裡，那些軍人把我囚禁在這裡似乎合情合理。

按照電影邏輯，我很快就會發狂咬住一個倒楣的路人，將他咬成下一個殭屍。變成殭屍的他也會咬住一個倒楣的便利商店店員，或許還一口氣咬了兩個。大家咬來咬去，不亦樂乎。

或許不只是被咬，光是被血噴到的人也會發病。

如果演變成空氣傳染就更糟糕不過。

若是空氣傳染，要不了二十八天，整個曼哈頓都會變成殭屍之城。

「要是有很多人陪著我一起變成殭屍，也不錯。」

人類最大的特色，就是別人幸運就想分一杯羹，自己倒楣就想拖所有人下水。

此時此刻，那些軍醫一定夥同一批科學家，窩在實驗室裡分析我的血液跟唾液，還有那一把插在我背上的刀上到底有什麼細菌。

對，一定是那把刀有問題。

沒可能是我自己無端端變成殭屍，那些專家可得將刀子上的細菌還是病毒好好調查清楚才行。雖然我心知肚明，即使研究結果出來了，真相大白了，我也沒辦法回到一個真正的活人狀態。

……一切都怪把我腦袋轟爛的那一槍。

□

這間除了一壺水、一只寶特瓶外什麼都沒有的玻璃屋，就連最極端的自閉症都會待到發瘋。

時間越來越難消磨，我越來越無聊，連自暴自棄都沒個方法。

我想乾脆躺在地板上睡覺，暫時什麼也不用想，最簡單。

但闔上眼，一點睡意也沒有。好像我的身體不再需要睡眠似的。

理性上我覺得我該補充水分了，於是我喝了半壺水。

但其實我一點也不渴，也感覺不到水的滋味。

喝水後，我的肚子鼓起來一點點，過了很久卻沒有尿意。

我也不餓。

完全沒有食慾，也沒有血糖降低的暈眩感。

為了找事做，我只有不停地胡思亂想。但效果有限。

再這樣無聊下去，我就得被迫面對……害怕。

□

趁著一次他們進來抽我血的機會，我趕緊抱怨。

「喂，拿本書……小說還是雜誌的，給我打發打發時間吧。」我懇切地說。

「這種事我沒辦法做決定。」負責抽血採樣的醫生小聲地說。

「那就麻煩你向上面通報一下，別讓我只是窮無聊，看本書又不會怎樣。」我熱切地看著他，絕不放棄：「如果你們怕我摸過的東西會感染病毒，大不了我一看過，你們立刻就燒掉不就行了？」

「我試試看。」

或許他們也想看看一個活殭屍是不是有腦力看書，過一陣子，他們送了幾本連小學生也不屑看的圖畫書給我，還有一本單字習作簿。這簡直就是污辱死者。

但無聊透頂的我還是忍不住地翻了它們好幾次。

不過真正瞧不起人的還在後頭。

□

「咬他。」

「我為什麼要咬他？」

五個陸戰隊員將一個穿著囚衣的老人扔在地上，老人驚恐地看著我。

兩支槍對著他，三支槍卻對著我。

「別裝傻了，你我都看過電影，我們要試試你的能耐。」軍醫雙手扠腰。

「你在污辱我嗎！」我咆哮。

「沒這樣的事，我們軍方本著保護老百姓的責任，得對你做各式各樣的實驗。布拉克先生，你想看一些大人看的書，就得好好配合我們。」

「我有人權！」

「活人才有人權，布拉克先生，你現在只是一具恰巧會說話的屍體。」

「……」我無話可說。

穿著囚衣的老人大叫不要、乾脆斃我了吧這樣的話，但其實連我自己都想知道，被我咬了到底會不會變成殭屍？

眼前這老囚犯不知道是何方混混，但會被抓來這裡讓我咬，想必也是個被咬成殭屍也罪有應得的壞蛋吧？

於是我裝作無可奈何，勉為其難地抓住老囚犯的手，狠狠地咬了一大口。

「大力點。」軍醫皺眉。

「少命令我！」我斜眼瞪了他一眼。

「痛死我了！快點拿開！」老囚犯慘叫。

「至少咬出血來，別忘了抹一點口水在上面啊。」軍醫不厭其煩地騷擾我。

「……」咬著手臂，我用舌頭來回在傷口上抹了兩下。

□

我永遠不知道那個老囚犯的下場。不過應該與我無關吧。

在這之後，我得到了一本《湯姆歷險記》。

5

這個軍事基地的軍醫很多，但都有一個共同點，就是不懂得尊重死人。

這次陸戰隊的五支槍全都對著我。

我的面前擺了一盤生牛肉、一隻裝在玻璃盒子裡的活老鼠、一盤義大利麵。

「你覺得，我有可能吃老鼠嗎？」我冷笑。

「這三種食物，哪一種最能引起你的食慾？」軍醫無動於衷。

「也許我死了，但我可沒瘋。」我將看了兩遍的《湯姆歷險記》扔在地上。

「如果你好好配合，或許我們會換新的一本書給你。」

「不，從現在開始由我主導。」

「布拉克先生，你這麼不配合，我們很難辦事。」這個軍醫也沒有露出為難的表情，連假裝都懶得假裝，說：「不配合我做事，最後吃虧的還是你自己。」

「省省吧。」我蹺起腿。

「……」

「除了不給我小說看，我倒很好奇你們能威脅我什麼？」我豎起中指，用曾經飾演過黑幫份子的演技回嗆：「開槍打我，我不會死。對我用刑，我不會痛。不給我東西吃，我又不餓。如果你們可以找到一個方法讓我永遠安息，也許我還會感謝你們！」

接著又僵持了幾分鐘，陸戰隊的步槍使勁頂著我的太陽穴，我都冷眼以對。

就這樣，軍醫只有無可奈何離開的份。

□

我躺在地板上，又試著睡了一下。

不冷，不硬，可還是睡不著。

我想我失去了很多感覺。

不過對艾琳與我溫存的滋味，還記憶猶新。

艾琳是我的女友。兩個女友之一。

十七個月前我們相識在片場，她擔任場記，是個新手。

我飾演一個販賣毒品的黑幫混混，總共只有三場零零碎碎的戲，所以我有很多時間跟艾琳抬槓。

艾琳是個不聰明但很細心的女人，笑的時候左邊有一個不完整的酒窩，看起來很性感。出了片場我們就上床，還假情假意交換了聯絡方式，事後誰也沒打過誰的電話。

再一次見到艾琳已是半年後，還是在片場。

這次天雷勾動地火一發不可收拾，還沒出片場，我們就偷用湯姆克魯斯的保母車翻雲覆雨一番。完事後，一頭亂髮的艾琳說想跟我永遠搞在一起，我說我有一個女友、一個老婆，跟一個偶爾會上床的前妻，她說不介意，因為愛情不談如何跟其他人分享，只要我們在一起的時間都能獨佔彼此就行了。

艾琳太上道了。

比起一直吃我老婆跟前妻的醋的另一個女友，辛琳娜，要懂事多了。

辛琳娜思想陳腐，老是要我跟我老婆離婚，但她不明白所謂的我的老婆，不過就是有婚姻契約的砲友，而且有了這種契約的砲友關係通常都不會好。至於前妻，就是拿了我一筆錢就同意讓我擁有豐富性關係的另一個砲友。

我的床上生活多采多姿，正多虧了愛情同樣多采多姿，辛琳娜如果再想不透這一點，恐怕我們也無法繼續維持關係下去。

我躺在地上，想著我生命裡的這四個女人。

一個想過一個，還是艾琳最惹人憐愛。

如果我能夠離開這裡，第一件事就是打電話給艾琳，約她到我住的公寓裡狠狠做一場愛，然後再一邊喝酒一邊跟她笑談發生在我身上的事。

我可以想像半裸的艾琳坐在床邊，一邊喝著紅酒一邊大笑：「賽門，至少你可以要到每一部殭屍片的演出機會了！」

我會撲向她，大笑：「跟殭屍來一場吧！」

許多人對自己的人生頗有定見，規劃下一步跟下下一步該怎麼走是很多人的習慣。但肯定沒有人計畫在人生的某個階段變成一個活殭屍，畢竟當殭屍未免也太沒有前途。

這顯然也不是我要的人生。

現在，我人生的剩餘價值，註定要在這個軍事基地裡接受永無止盡的實驗，躺在砧板上被解剖、被研究我體內的器官是如何運作，軍方一定很想知道我死不掉的秘密，再用這個秘密複製出一支所向無敵的殭屍陸戰隊——電影都是這麼演的，全世界都知道美國軍方就是這麼白痴地運作。

時間變得空洞。

也許過了四天，還是五天，我躺在地上滾來滾去，走來走去，做點其實我根本不需要的運動。折騰我的還是窮極無聊，不曉得做什麼打發時間，無聊就反覆讀著《湯姆歷險記》，最後我甚至開始朗誦它，自己製造一點聲音。

我將發生在我身上的事想得很透徹。

比起殭屍片，我想到了一部更貼切現況的好萊塢電影「捉神弄鬼」，由我見過兩次面的布魯斯威利、見過一次面的歌蒂韓、沒見過面的梅莉史翠普合演。

很多人都看過這部電影，重點是，裡面兩個大美女在飲用了長生不死藥之後，身體不管被獵槍轟爛、還是腦袋被鏟子砸歪，通通都不會死——只會僵硬腐敗。

我現在的處境，跟電影裡形容的「死不了、卻也無法好好活下去」的黑色幽默如出一轍。但這種黑色幽默落在自己身上，可就一點也不好笑。

「賽門布拉克啊，你別想逃離這些軍人了，光靠一個殭屍是不夠的，你得鼓起勇氣多咬幾個才行啊。」我自己對著自己說話。

絕望這種感覺，竟沒有隨著飢餓與口渴遠離我的身體。

6

在我被從醫院帶走的第七天，玻璃屋一口氣湧進了五個軍醫。

這次他們連衛生口罩都懶得戴，大剌剌地坐在我對面，一個陸戰隊也沒跟著。

「你還是不想吃東西嗎？」

為首的軍醫看了一下我的肚子：「這幾天你就只喝了半壺水，卻一直沒有排泄出來。」眼睛又瞥向地上那只空無一物的寶特瓶。

「一滴也沒。」有人可以交談，我打起精神。

「比起單純的死而復生，許多細節更令人想不透。你理當沒有視力，卻看得見。聽覺神經也死了，你卻聽得見。料想你的嗅覺也沒喪失。」為首的軍醫將一疊厚厚的影印報告放在我面前，示意我可以自由翻閱。

「不，我聞不到任何味道。」

「是嗎？這真是令人費解。」

我接過，隨意翻翻看看起來：「我的大腦被你們轟掉半顆，卻還可以看完一整本的《湯姆歷險記》，看來這件事也教你們很費解。」

報告裡充滿很多我看不懂的數據，但有用的結論都以紅筆反覆圈畫起來。

「的確。你的腦波根本沒有一點振幅，卻可以產生思想，我想就算把你整個腦袋都挖掉，按照這件事的發展邏輯，你十之八九還是會說話。」軍醫坦承不諱。

大有可能，但我可不想當個沒腦的殭屍。

「我的血液裡沒有未知的病毒？」我注意到一行用紅筆圈起來的字。

「沒有，只是輕微程度的腐敗。」軍醫繼續說：「布拉克先生，你的皮膚由於缺乏血液循環顯得有些蒼白，除此之外你的血液沒有特殊之處，一週來持續保持在剛剛死掉約半小時的狀態。這個部分也很奇怪——你的身體每一吋地方都缺乏活的細胞，但是卻沒有按照自然法則腐敗下去。」

「也就是說？」

「也就是說，時間在你的身體裡失去了作用。」

「這種現象會持續多久？」

「沒個準，在你之前沒有類似的案例。」

「完全沒人跟我一樣嗎？我是指，在我被抓進來之後沒有別的案例通報嗎？」

「就只有你。」

這真是離譜了，難道這不是傳染病還是大規模的詛咒嗎？

我深呼吸，雖然沒有真的深呼吸。

「有一天我會突然死掉嗎？我是說，像一般死人一樣的那種死掉。」

「我們沒有準備這種官方答案給你。」醫生表情漠然。

「也是，即使你們說了我也不打算採信。」

這個問題其實我有想過。

既然我會莫名其妙「死而不死」，在某個時間點我會恍恍惚惚地正確死掉，也不足為奇。問題是，我對死亡的恐懼並沒有因為「我已經死了」而停止，可能的話我想盡量延長保持意識的時間。

我繼續翻著厚厚的資料。

真不愧是軍事基地等級的醫院，鉅細靡遺地對我做了完整的診斷，密密麻麻陳述了種種實驗數據帶來的結論，卻沒有解答任何一個問題。

「布拉克先生，等一下我們要對你的腦部進行免費的整修，最低程度可以維持你後腦勺的美觀，讓你在離開軍事基地後不會在第一時間內驚嚇路人，不過這個整修不提供保固，往後你得自己好好照料。」

帶頭的軍醫話一說完，另外四個醫生圍著我，立刻對我的後腦動起手來。

「離開軍事基地？」我愣住，脫口而出：「你們要放我走？」

「我們非常想對你做更多的實驗，例如把你的手鋸掉再接回去，看看手是不是還會動之類的——我猜你自己也對這個問題感到興趣。可惜事情已經曝光，從你一進來這裡，媒體就一直追問你的事情，我們軍方承受了很龐大的壓力。如果再不讓你出去，讓大家看看你死得好好的，據說你的經紀人要控告我們軍方綁架。」

帥啊！

這個世界上已沒有一種力量可以壓制得了媒體，我早該猜想到的！

「你們不怕我出去以後，爆你們虐待我的料？」我的頭有些顛晃。

他們粗魯地在我的頭上使用小型電鋸跟手術刀，切來割去的，還激射出火花。

「如果市立醫院出現一個活死人，我們軍方卻一點處理也沒有，爆出來才會被全民砲轟吧。」軍醫像是不關己事地說：「再說，大家都希望政府至少可以做到檢查這種情況是否跟傳染病有關，不是嗎？」

「有點道理，不過我們走著瞧吧。」

我嘴上不肯認輸，強硬地說：「你們對著我的腦袋近距離開槍這件事，遲早我的律師會寄信給你們，等一會兒別忘了給我你們這裡的地址。」

「也是，我們已經軍法處置那個開槍的孩子關禁閉十二天。」

「關禁閉十二天？槍殺良好市民的處分，竟然只是——」

「他犯的罪行，是非故意毀損他人屍體。」

「……」

我乾笑了幾聲，但軍醫沒有笑。

那個白痴的後腦勺修建手術只簡單進行了一個多小時就搞定，還動用到焊槍。

我對著鏡子一看，真不愧是軍事基地，連假髮的顏色都預先設想好了，就算仔細觀察也不一定看得出來我的後腦勺曾經開了一個大洞。

至於子彈鑽開了我眉心的那個黑色小孔，他們也用一塊肉色塑膠幫我補好，不過我還是抓了一下瀏海掩蓋。出去後我得找個膽量夠的整形醫生。

「如果你突然想起了什麼，請務必告訴我們。」軍醫打開玻璃門。

「記得收看歐普拉的脫口秀吧。」我整理了一下衣領。

「那麼，你可以離開了。」

「就這麼簡單？」

「對我們來說是。對布拉克先生你呢，我想事情才正要開始。」

我沒有揮手，只是豎起中指轉身。

原先我還以為身為一個殭屍，在軍事基地裡受盡種種非人道的實驗合情合理，時間無上限也是合情合理。即使國家秘密焚化我也是合情合理。

但我居然大大方方走出來了。

美國啊美國，妳真是一個太了不起的國家。

7

我到了外面，但並沒有回到正常的世界。

這個世界因我陷入巨大的瘋狂。

迎接我的是來自全世界各地的媒體。

我的瞳孔對光線沒有反應，但我卻能將一切看得清清楚楚，媒體的鎂光燈在我面前此起彼落，也想將我拍得清清楚楚。

「布拉克先生！請問這一切都是惡作劇，還是你真的死了！」

「據醫院方面表示，醫生們曾經電擊你十三次，那是真的假的？」

「你可以讓記者摸摸你的胸口，確認心跳停止嗎！」

「布拉克先生，你有辦法在鏡頭前證明你確實已經死去了嗎？」

「請問軍方對你所做的實驗有哪些項目？你知道軍方即將召開記者會嗎？」

「布拉克先生！請你在鏡頭前展示一下你背上的傷口！」

麥克風排山倒海而來，我竭力保持冷靜與微笑。再怎麼說我都是個演員。

該來分一杯羹的也不會少。只見我的經紀人頂著一個大肚子，從一大堆麥克風中擠了出來，對著我大叫：「賽門！什麼都別講！一個字也不要說！我已經安排好你上歐普拉的節目啦！」

我的經紀人很少理會我，問題不是我已經過氣了，而是我根本就沒紅過。我不怪他，我原本就不是可造之材。他現在急急忙忙想辦法壓榨我，更證明之前的我的確沒有什麼錢途。

「賽門，先上車！」經紀人猛一吹口哨，車子也來了。

在軍方的人牆護衛下，我上了經紀人為我準備好的黑色勞斯萊斯。

一分鐘後，就像電影裡常出現的畫面，我手裡拿著一杯剛剛從車內冰箱裡拿出的香檳，雖然我無法排泄它也無法感覺它，但還是象徵性地啜了一口。

「敬自由。」我說。

經紀人抽著雪茄，咧開鑲著金牙的大嘴：「賽門，軍方正在準備記者會，他們會回答很多問題，等於是幫你做免費的宣傳。你現在最重要的，就是保持神秘性，不是拿錢的訪問就不要說話，你的熱潮才會變成錢潮。」

哈！這個錢鬼一點也不怕我。

「記者全都知道了，是市立醫院向外界透漏的消息嗎？」我想弄明白。

「有個護士用手機錄下你被一群醫生輪流電擊的影像檔，放上YouTube，才能把你從軍方那邊救出來哩。另外很多宗教團體也使了不少力，他們把你當作神蹟。」

「神蹟？」

「或是神本身。」

不管是上帝還是魔鬼出的手，我一點也沒有感覺。

「歐普拉的訪談預計分成上中下三集，一集一百萬美金，扣掉抽成你可以淨拿兩百一十萬，忘了多恭喜你，由於你已經死了，死人是不用繳稅的！」經紀人看著金光閃閃的勞力士錶，說：「總之你好好休息一下，三個小時後我們直接到攝影棚大幹一場，聊聊你的不死遭遇。」

「我不累，也不想睡……應該說我睡也睡不著。」我嘆氣。

接下來的半小時，我簡要地向經紀人說明我死也死不成的狀況。

經紀人裝出很有興趣的模樣，但演技有點拙劣。

「我說賽門，你真是太了不起了，居然可以死成這樣。」經紀人表演大為嘆服的表情，用力拍手：「當初簽下你，真的是走運了。」

「……你真是天生的經紀人。」我只能這麼讚嘆。

8

節目攝影棚早就準備好了各式各樣的問題，以及因應各式各樣問題而衍生出來的道具。好一點的有溫度計、心電圖機、聽診器、手電筒之類的。不大友善的有急救電擊器、兩公尺高的大水箱、電鋸、十三條眼鏡蛇。

除了電鋸，每一樣我都很配合。我雖然死了，但可不想斷手斷腳地生活下去。

我在大水箱裡發呆，輕輕鬆鬆就在裡面待了二十分鐘，不過我沒有打破任何人的憋氣世界紀錄，因為我早就死了。

玻璃箱裡的十三隻眼鏡蛇一直攻擊我，即使我死了，也感覺不到痛，但還是很不喜歡被蛇咬，所以我乾脆用最快的速度將牠們全部都綁在一起，打成七個環環相扣的結。

我這麼「賣命」，節目現場尖叫聲連連，尤其當我承受電擊器直到胸口著火的瞬間，歐普拉第一次錄節目錄到昏倒，我們足足等了她二十分鐘才繼續往下錄。

「收視率一定破紀錄！」經紀人熱烈地擁抱我。

下了節目，我在經紀人的安排下住進了大飯店的總統套房。

住大飯店很好，此刻我在紐約的小公寓樓下，一定塞滿了各種目的的人潮。

我沖了個意義不明的熱水澡，濕淋淋地站在落地鏡前好好看了自己一下。

……這個強制時間靜止的軀殼不知道還要陪我多久。

兩隻手臂上佈滿了密密麻麻的眼鏡蛇咬痕，背上的致命刀傷怵目驚心得像一場鬧劇，我敲了敲腦袋，裡面發出叩叩叩的空心回音。

未來我還可能當眾服下劇毒，或者被人群裡放出的冷槍命中——如果我是個旁觀者，也一定很想知道這頭活屍可以捱得起多大的攻擊而不死。

「這一定有什麼道理。」我嘆氣，卻連鼻酸都沒有。

此刻終於沒有人打擾，沒有採訪，沒有白痴的人體實驗，沒有越來越刺耳的尖叫聲，只有客廳傳來的電視新聞聲。

「耶穌花了三天才復活，賽門布拉克只花了十八個小時！」電視裡，ABC新聞網的主播兩手一攤說。

「除了神蹟，這件事完全沒有合理的解釋。」另一個主播用絲毫不像開玩笑的語氣搭腔：「也許梵蒂岡的神父應該啟程到紐約，看看是否該給布拉克先生一個正式的神蹟認證。」

我豈敢跟耶穌相提並論，不過我之所以是現在的樣子，上帝一定脫不了關係。

如果我的人生是一部電影，很肯定遵循著好萊塢模式。

電影「扭轉奇蹟」裡，飾演頂尖財務專家的尼可拉斯凱吉在神奇的耶誕節裡突然擁有截然不同的人生，成為小鎮的汽車零件銷售員，還跟原本分手的女友成了家，有一個兒子一個女兒，生活並不優渥，卻多了以往單身的他所沒有的家庭生活。

為什麼？因為上帝想讓尼可拉斯凱吉重新思考人生的意義。

電影「王牌天神」裡，飾演採訪小鎮新聞的記者金凱瑞，某日借走了上帝無所不能的能力，他可以拉近月亮製造浪漫，可以令隕石墜落小鎮製造大新聞，卻也讓他變得更汲汲營營於事業，反而讓深愛他的女友離他而去。

為什麼？因為上帝想讓金凱瑞重新思考人生的意義。

我呢？

上帝讓我暫時不死，必然是恩典我額外的時間將我還沒有做完的事情做完。

那我應該做完、卻還沒有做完的事情是什麼？

為了避免我突然生出過於悲觀的想法，我決定暫時不去思考這個太嚴肅的問題。此時此刻我滿腦子只想找個真正知道我是誰的人講話，於是立刻打電話給艾琳。

艾琳早就等著我的電話，一秒就通。

「我剛剛看完歐普拉的訪談秀。」艾琳的聲音聽起來像是剛哭過。

「嗯。」我無法像平常一樣嘻皮笑臉。

「賽門，你真的不是在變魔術嗎？」

「……我的確是死透了。」

電話那頭沉默了半分鐘。

「我去找你。」她說。

充滿感激的我說了飯店地址，艾琳立刻掛上電話。

我鬆了一口氣，然後有股莫名的激動。

9

在等待艾琳的一個多小時裡，穿著浴袍的經紀人敲了我的門。

「他是誰？」我狐疑地看著經紀人背後的一個華裔胖子。

那個華裔胖子穿著正式西裝，拎著皮箱，眼神謙和地看著我。

經紀人打了個呵欠：「別擔心，他付了錢的，十萬美金買你三十分鐘。」

我還來不及反應，同樣剛洗完澡的經紀人就逕自離開了。

我只好讓胖子進房。

這個出得起私下談話費用的傻子沒有浪費時間自我介紹，一坐下，就迫不及待朝我丟出問題：「布拉克先生，我想知道上帝都跟你說了什麼？」

胖子的英文有點腔調，顯然不是在美國土生土長的。

我聳聳肩：「上帝沒跟我說什麼……至少還沒有跟我說。」

「你死的時候有沒有看到黑色的隧道，一望無際的——」

「然後黑色的隧道外有光亮嗎？沒有。我沒有書裡描述的瀕死經驗。」

胖子的表情古怪，顯然是半信半疑。

「雖然這麼說很古怪，不過，你能傳授我死而復生的秘訣嗎？」

「我在脫口秀裡不是說了嗎，我什麼都不明白，它發生就是發生了。」

「我可以支付你相當於威爾史密斯片酬的費用。」

「是嗎？」我覺得真好笑。

「再加上一個布萊德彼特的片酬怎樣？」胖子一本正經。

我認真地看著這個似乎是億萬富翁的華裔胖子，傾身向前：「如果我真有辦法傳授其他人不死的秘訣，那麼，這個秘訣的價值肯定不只一個威爾史密斯加一個布萊德彼特。應該是一筆足以買下一個小國的天價吧！」

被識破了，胖子也只有皺著眉同意。

「布拉克先生，你有信仰嗎？」

「上帝。」我在胸前劃十字。

「你的信仰堅定嗎？」

「事到如今，不堅定一點也沒辦法了。」

無法買到我的不死，胖子提出更驚人的要求：「布拉克先生，我想請你擔任我們的神。」

我啞口無言。

「我了解你一時之間無法接受，但聽我慢慢解釋。我說，一個死不了的人所帶起的娛樂潮能支持多久呢？那些人不過是在看你的笑話，你死不了，一直猛上脫口秀，最後只會被當成各種畸形實驗下的小丑。」胖子眼神發亮，語氣卻異常誠懇：「比起娛樂，宗教才是真正長遠的事業。」

「事業？」

「我現在是天主降光明教派的教主，信眾約有六千多人，規模不算大，但也絕對不小了。」胖子從皮箱裡拿出一本不算厚的教派法典，說：「為了分食傳統基督教的大餅，我們選擇相信上帝，但為了展現氣度，我們也承認阿拉，為了充滿潛力的亞洲市場，在哲理上我們也採納釋迦牟尼的思考與輪迴觀，兼容並蓄是我們天主降光明教派的優點。」

「那不就是亂七八糟了嗎？」

「不，遠遠不是那樣。喏，你有時間一定要看一看，就會理解我在說什麼。」胖子放了一本教派法典跟幾本教派的月刊在我的床上。

後來胖子走後，我還真仔細看了。

這本宗教法典充滿了似是而非、東拼西湊的思想，要不是這個一直想跟我合作的胖子曾經大剌剌地在我面前吹噓他的計畫，單單看這本法典裡的宗教理論，我很可能會大受影響。能夠編寫出這些教義的人一定是個天才，卻肯定是一個心術不正的天才。

我也就直說了：「……你想用宗教斂財？」

「是。」

當時胖子完全沒有閃躲我的攻擊，我倒是怔了一下。

肯定是訓練有素，胖子慢慢分析說：「用宗教斂財並不代表詐騙，尤其在布拉克先生加盟我們的教派後，最關鍵的差別是，只有我們可以展現真正的神蹟，展現死而復生，展現不死永生，其他的宗教卻只能說一些……抽出時間陪孩子就是奇蹟就是上帝恩典之類的蠢話。你就像是限量，不，獨家販售的神蹟商品。但神蹟是上帝的傑作，不是上帝本身，要永續投資就得將神蹟提昇層次——來到神的位置。」

「……」

「如果你願意當我們教派的神，我保證，我們天主降光明教派絕對可以在三年之內成為世界第四大宗教，與基督教、回教、佛教並駕齊驅。」

雖然我的心跳已經停止，但我承認我還是心動了。

「我很好奇，你要怎麼做？」

「雖然現在告訴你對我毫無益處，不過為了取得你對我的信任，開誠佈公就當作是我的誠意……這樣說好了，第一步，我得先在五年前預言五年後的今天，會有一個人死而復生，而死而復生的這個人將從上帝帶來祂的口信，而這個口信就是重要的天主降光明教派的基本教義之一。」

在五年前預言五年後？我聽得一頭霧水。

「你要怎麼無中生有那些你根本沒說過的預言？」我不解。

「幾年前我在中國買下一間快倒閉的印刷廠，就是為了應付類似的重大事件。我可以在市面上大量收購五年前特定月份的舊雜誌，時代、經濟學人、科學人、國家地理頻道……越知名的越好，然後將剛剛印製好的預言特刊裝訂在這些舊雜誌的內頁，做出我在五年前的雜誌裡就曾夾過這樣的預言廣告的假象。最後，我再慢慢將舊雜誌回沖到市場，變成證據。要不了多久，自然就會有人注意到原來舊雜誌上早有這樣的預言，人們會很驚訝預言居然實現了，舞台也完成。接下來——就輪到布拉克先生你登場。」

這種操作時間的唬人技術，還真有點道理。

「不過，真的有人會上當嗎？」我承認有點動搖了。

「放心，我這麼做已經三次了，第一次是預言阪神大地震，第二次是預言卡崔納風災，第三次是預言中國四川大地震。人類是很容易受恐懼控制的，每一次大災難都讓我收穫了上千名忠實的信徒。就這一次來說，就算有媒體質疑也只是小亂流，重點是，只要布拉克先生你願意擔綱演出，所有的懷疑都算不了什麼。」

時間到了。

分秒不差，我的經紀人在外面敲敲我的門，示意胖子該走了。

臨走前，胖子再三交代我務必好好思考他的建議：「我是教主，你是神，我們攜手共創價值數百億美元的宗教市場。」

「……我會仔細想一想的。」

關上門，我坐在沙發上翻著胖子留下的幾本教派月刊跟法典。

這肯定是一個邪惡的考驗，只不過，也許我該投靠魔鬼的那一方。

如果上帝遲遲不給我指示，而魔鬼卻準備好了答案給我的話，有何不可呢？

10

華裔胖子走後一小時，我已快速將那些以圖片為主的天主降光明教派的雜誌翻了一遍。很快我接到飯店保全的確認電話。

「讓她上來。」我的聲音肯定顫抖了。

我的眼睛貼著門上的窺孔，熱切地看著走廊盡頭的電梯。

一分鐘後，「登」地一聲，走廊盡頭的電梯打開，我也立刻將門打開。穿著性感火辣的艾琳站在門口，她的唇滋潤得閃閃發光。

「賽門。」她的高跟鞋輕輕觸碰著我的腳。

「快進來。」我一把將她抱了起來，一鼓作氣推倒在床上。

就跟以前一樣，我用最熟練的野獸手法將艾琳剝得精光，衣服凌亂地散在床上地上沙發上。

一頭金髮亂了的艾琳抱著我，哆嗦了一下。

「賽門，你的身體有些發冷呢，不要緊嗎？」她的指甲刮著我的背。

「不要緊嗎？哈哈，我已經死了呢。」我用力捏著她渾圓的雙乳，深情地說：「為了再搞妳幾次，我可是拚命從地獄重新爬出來了。」

「怎麼不是從天堂逃出來呢？」艾琳捧著我蒼白的臉。

我大笑，她也咯咯笑了起來。

我們熱烈擁吻，用嘴快速複習一遍對方的身體。

死不掉，真好。

這肯定是我該做而未做的幾件事之一。

艾琳很投入親吻我這一具屍體，我親著她這個活人卻越親越著急。

女人終究是女人，艾琳慢慢感覺到了我心中的不安，因為我沒有「稍微硬一點的東西」可以放進她的身體裡。出糗了。

「不要緊的，賽門，也許你只是太累了。」全裸的艾琳躺在我胸口。

「也許吧，我這幾天經歷的事太多太可怕了。」我選擇了自我辯解。

艾琳似笑非笑，幽幽說：「真的沒有聽見心跳呢。」

我苦笑：「真想為妳心動一下，只好等下輩子吧。」

我聊起我所發生的事，鉅細靡遺。我甚至讓艾琳敲敲我的腦袋。

艾琳說，警方已經開始對案發地點附近的流浪漢群展開地毯式的調查，務必要找出到底是誰殺了我那一刀，軍方也交出從刀上採集到的指紋，一有可疑對象就要進行比對。她也聽說我的前妻跟我的現任妻子同時在動作，不過好像不是什麼好事。

我對到底是誰殺我的並不感興趣，應該說，就算逮到了又能怎樣，第六感告訴我，那個勤勞行搶的流浪漢也不會曉得他為什麼可以將我殺掉、又沒有殺掉我；對我的前妻跟我的現任妻子到底在做什麼，也提不起勁。

我們聊了很多。我幾乎沒有跟一個女人在床上聊過天，這真是奇妙的經驗。

我的身體感覺不到累，但精神上卻很疲憊。

許久，艾琳翻身而起，露出神秘的笑。

——這個笑，我認得。

「賽門，送你一個禮物。」她隨即低下頭。

我抓著她的頭髮，感動地看著她為我上上下下的畫面。

三分鐘過去了，也許不只三分鐘，有五分鐘吧。

艾琳表情古怪地抬起頭來，抹了抹嘴巴，重新躺回我的胸膛。

難以忍受的尷尬，我乾脆閉上眼睛。

我原以為我在軍事基地裡的玻璃屋度過的寂寥時光，已讓我將所有的事想得很透徹。事實上，那段時間缺乏刺激，我除了乾耗著回憶，真正有用的思考幾乎完全停頓下來。

我一直很用力地迴避最悲觀的想像。

直到現在，我才知道原來我比想像的還要慘。

□

那晚艾琳並沒有留下來過夜。

畢竟我們找不到事情可做。

我從窺孔裡，看著艾琳頭也不回地走向長廊盡頭的電梯。

如果這是部電影，到了此時就是我該流淚的鏡頭。

可我連悲憐自己都無能為力。

11

我收到我的前妻跟現任妻子的聯合律師信。

為了瓜分我的遺產，她們堅持我已經死了，遺產分配要按照當初訂立的遺囑執行，標的物為我的銀行存款、幾張蘋果電腦跟思科公司的股票，以及我好不容易付清房貸的十八坪紐約小公寓。

兩年前我在泰國拍片時，原先講好的特技演員頸椎受傷，為了打好關係，我硬著頭皮臨時擔任麥特戴蒙的特技替身。那個畫面頗有危險性，我要吊鋼絲從十一樓跳到四樓前，一邊在保險合約書上簽名，一邊在保險公司免費附贈的遺囑備忘錄上寫明遺產分配，約定這份遺囑每五年更動一次，不隨著保險合約權利消失而消逝。

遺囑內容簡單扼要，就是將我所有的財產都分給我的前妻跟現任妻子。

「現在就想跟我拿錢？」我將那封律師信扔進飯店的冰箱裡。

這實在是太可笑了，比起那個陸戰隊隊員朝著我大腦開了一槍還要好笑。

我氣急敗壞打電話給住在樓下的經紀人，向他借用了他的專屬律師，請他幫我處理掉那兩個女人可笑的要求。

□

第二天，律師金先生帶著他的小助理登門來訪。

一開口，律師金先生就很遺憾地告訴我壞消息。根據現行法律的規範，我恐怕連我最喜歡的地毯都無法保住。原因太清楚，就是我符合每一項法律中對死人的定義：心臟死、肺臟死，以及腦死。

「可是我還有意識！」我咆哮：「需要我從A背到Z給你聽嗎！」

「布拉克先生，你在歐普拉的脫口秀裡曾經提到，你不僅腦波停止，在軍事基地裡也遭到一名陸戰隊隊員用步槍射穿你的腦袋，失去了至少半個腦……這樣等同於腦死。」

「天殺的腦死！」

就算我沒有在節目裡自己爆料，如果在法庭上他們掃描我的腦袋，也會立刻就發現我真的少了一半的腦子，一個沒腦的人在技術上很難說服別人他有思考跟判斷的能力。

腦死的我對著沙發拳打腳踢，這未免也太不公平了。

「想聽聽真正專業的建議嗎？」律師金先生有事不關己的職業本色。

我瞪著落地窗玻璃反射的律師臉。

「我的建議是，不要理會你過去的財產。」律師金先生直截了當地說：「我問過你的經紀人了，你在過去一個禮拜所接受的商業採訪跟表演秀，為你賺進了九百二十七萬美金，遠遠超過你生前的所得。這筆收入，跟往後陸續進帳的收入，才是布拉克先生你應該全力保護的。」

「保護？」我冷笑：「難道還會被奪走嗎？」

律師金先生不疾不徐地點頭，淡淡說：「的確有這個可能。」

我愣住了。

「對方的律師如果在法學院沒有缺課太多的話，一定會引用現行法條，聲稱如果一個人生前擁有的股票與房地產，在他死後有增值或減值的狀況發生，也該一併記入遺產的行列。」律師金先生推了推眼鏡，說：「簡單說，她們下一步就會奪取你所賺的每一筆錢，這也是她們現在就提起遺囑執行的目的。」

我氣炸了：「他媽的，這完全不合理！」

「為了避免最壞的狀況發生，你所賺到的每一分錢都暫時放在經紀人的帳戶，不要存到你的私人戶頭。接下來，再由你的經紀人幫你進一步成立基金會或特殊信託管理你的收入，否則有被那兩個女人全部吸乾的危險。」

「王八蛋！我一定要殺了那兩個女人！」

律師金先生罕見地微笑。

「如果那兩個女人堅持指稱死人沒有管理財產的行為能力，至少在法律上沒有能力的話，你倒是可以嘗試直接殺了她們解決問題，因為一個人在法律上已經死亡，就是最好的不在場證明，或是無犯罪能力的證明。」律師金先生說著相當弔詭的邏輯：「就算你還是被認定一級謀殺罪名成立，遭判處死刑的話，你在毒氣室裡看完當天報紙的運動專欄，就可以換件衣服出來了。」

「……」

我試著笑，但沒有很成功。

律師金先生聳聳肩繼續說道：「布拉克先生，如果獲得你同意，就現在的狀況我會跟對方的律師，既然妳們承認賽門布拉克先生已經死去，妳們就只能繼承他還活著時候所賺取的財產。其餘的想都別想。」

「就交給你去辦。」我果斷地說。

他的助理拿出一份早就打好了的委託書，顯然金先生對說服我早胸有成竹。

這樣也好，我在上頭迅速簽了名。

「現在不管在任何一個國家，保護死人的法律並沒有……並沒有很完善，不過這也是因為沒有前例發生，也許我們接下來所展開的法律對抗，比如打個憲法官司，情節之豐富也足夠拍成一部電影。」律師金先生起身，同我握手：「布拉克先生，我會盡一切努力讓這部電影的結局屬於我們。」

「萬事拜託。」

□

我送走律師金先生後，內心煩悶不已。

打開酒櫃我拿出一瓶高級紅酒，憎恨地看了它幾眼，又憤怒地放了回去。我對任何食物都沒有能力感覺與消化，吃喝進去只會讓肚子白白鼓起來，我得貼著牆倒立、搖晃一個多小時才能讓那些東西逆流出我的身體。

是很慘，但我畢竟有錢。

如果沒有錢，死亡這件事就會變得更棘手，我可不想窮到下個世紀。更沮喪地說，我已經沒有辦法勃起了，褲子裡的東西比蒟蒻還軟，生存的尊嚴也就可有可無。東扣西扣，捍衛我的錢就成為現在最重要、也是唯一重要的事。

「賽門！」

經紀人突然在門外大叫，連續按門鈴的速度就像手指抽筋。

我開門，迎面而來就是一個熊抱。

經紀人在我耳邊哈哈大笑：「賽門！我們要開拍你的傳記電影啦！光是昨天跟今天我就接到了米高梅、環球、迪士尼、華納四間電影公司的電話，問題是……我們該選哪一家合作呢！」

「選給錢最多的那個。」我想都不想。

「一點也沒錯！」經紀人大樂，高舉雙手。

我們用力擊掌。

連電影改編都上門了，權利金一定非常豐厚，律師金先生得快馬加鞭才行。

12

我上了時代雜誌的封面，當選了無數雜誌舉辦的年度風雲人物。

標題包羅萬象，諸如：

「賽門，拒絕再死一次的男人！」

「他的身上藏有永生的密碼。」

「總有一天，這個男人將見證地球的滅亡。」

「全世界最有錢的死人。」

「令全球魔術師集體失業的禍首，賽門！」

我在洋基球場開球，旋即到日本兩國國技館擔任相撲大賽的開幕人。

我在賈斯汀的演唱會上擔任神秘嘉賓，之後錄了一張「靈魂不滅定律」專輯，賣了兩百多萬張，唱片公司聲稱聽原版的才有潔淨靈魂的功效。

回歸本業，我在電影「神鬼傳奇」第五集裡飾演紐約殭屍王——這真是興奮，我終於可以擺脫臨時演員跟C級片演員的身分了。

「上帝被我宰了，我才是真正永生不死的王！」我面目猙獰地高舉彎刀。

「下地獄吧！」布蘭登費雪拿著長槍插進我的胸口，完全不需要特效。

比起跟莫名其妙的天主降光明教派偷偷摸摸聯手，我走的是王道路線。

幾個知名的大教派私下競標，最後由天主教以兩千萬美金得標，於是我在經紀人的陪同下親自到梵蒂岡接受教宗本人的神蹟認證，隔天我奪取了全球一百七十七份報紙的頭條。

「賽門，當代最接近耶穌的男人！」這個聳動的新聞標題是我經紀人下的。

「教宗向賽門請教上帝的口信。」這個亂下的標題也不錯，令我印象深刻。

□

這個星球上，最不缺的就是賺錢的門道。

輝瑞藥廠付了我一筆為數不小的簽約金，獨家取得我每個月抽取十毫克的體液供他們進行研究的權利。目標，當然是製造出人類歷史上每個暴君最想獲得的珍品——不死藥。

算盤人人會打，我可不是打得最精的一個。

消息見報後，輝瑞藥廠一天之內的股價漲幅，就足以壟斷我一百年的體液。

我總算功成名就了，不過艾琳後來一次也沒來找過我。

艾琳的手機號碼還沒換之前，我打了一通電話給她，她沒接便掛斷了。

記得辛琳娜嗎？我提過的另一個女友。

她興沖沖來找過我幾次，都遭我拒見，她在飯店樓下痛哭，我則躲在衣櫃裡嘆氣。我寧願她誤以為我是個削海了就不認人的混帳，也不想她知道我現在是個硬不起來的海參。

除了以前的女人名單，所謂名人的特權，就是有很多不認識但硬要崇拜自己的女人可以任搞。

「求求你跟我做愛，讓我得到永生！」金髮碧眼的美女一絲不掛站在房門口。

「不死人，我想懷你的孩子。」知名的模特兒在電梯裡吸吮我的手指。

「我得了癌症，醫生說我撐不過半年，你可以射在我體內救救我嗎！」臉色蒼白的女病人拍打著我的跑車車窗。

「布拉克先生，你忘了嗎！我是你前世的妻子！」歇斯底里的女明星當眾對我拉拉扯扯。

每一次，我總是神秘地笑說：「不好意思，今晚我已經有人預訂了。」

一轉身，我幾乎要發狂。

沒有任何事，比拒絕那麼多場不需負責任的一夜情還要讓男人崩潰。

13

不是所有的事都衰到谷底，律師金先生那邊頗有進展。

輿論一面倒站在我這邊。

許多需要我、卻又自以為是的媒體對我一直撈錢的行為，終於提出了猛烈的批判，但更不屑我的前妻跟我的妻子宣稱她們擁有支配我所有收入的權利，電視台將她們說成連死人也不放過的冷血動物。

順勢而為，幾個專家跟媒體合演了幾場精采的法庭戲，結論就是我大大方方放棄了生前一切，而後來所得一律歸我自己創立的基金會擁有，而這個基金會專門研究關於我的一切，拍點我的紀錄片等等。

□

雖然大家都將我跟上帝扯上關係，但我自己知道，上帝一開始就遺棄了我。

我有很多錢，但能買到的享受比一個中學生還少。

於是我盡其可能在我能享受的範圍內鋪張。

我有七輛隨傳隨到的跑車，誰叫一個禮拜有七天。

我沒有買下任何豪宅，四處受訪便四處下榻五星級飯店，免得記者跟宗教狂熱份子一天到晚堵我。要知道，連跟我說一句話經紀人都要在旁邊計時跳錶。

我私下找了最權威的整形醫生，請他幫我的後腦勺重新打理一番。

「布拉克先生，你打算怎麼……怎麼裝修你的後腦勺呢？」

醫生很冷靜地研究我剛剛重新鋸開的後腦。

「我想要一個可以從外面打開的門，一開，就可以看到裡面的樣子。」

「可裡面還有半個腦，要先做一個隔牆把它擋起來嗎？還是挖個乾淨？」

「當然要留起來，但隔牆的材質要透明的，讓那剩下的半個腦被看得一清二楚。」我早就仔細設想好了：「對了，腦子裡要有一盞小燈泡，在我打開後腦勺的蓋子後立刻亮起來……不，隔個五秒再慢慢亮起來，這樣比較有戲劇效果。」

「這樣啊……」醫生思忖著。

「辦不到嗎？」

「當然可以。我建議使用 LED 燈泡，電源就用超薄型的耐久矽晶電池供應。」

「很好，就這麼辦。」

「背上的傷口呢？要修補嗎？」醫生若無其事地說：「小意思，我可以將傷口完全變不見。」

「那個就不作處理了，你不知道公開展示我背上的致命刀傷，每次都是受訪的一大爆點嗎？補好了我就打烊了。」我開起自己的玩笑。

即使是身經百戰的醫生也不禁莞爾：「所以之後要加入展示大腦的秀嗎？」

我豎起大拇指：「沒錯，這個全新的爆點你可不許事先透漏啊！」

四十八小時後，我擁有了鈦合金的後腦活動門，還有超炫的空腦展示燈。

這只是起步。

我還想要一條可以自動充氣的人工陰莖。

我在醫療網站上仔細研究過了現在的技術，那東西使用時只要打開幫浦裝置，矽膠製的人工陰莖就會自動勃起，幾可亂真。當然我想做多久都可以，百分之百金槍不倒。

醫生點點頭：「你這個要求太容易辦到了，人工陰莖的技術已經非常進步，我現在庫存就有好幾條，各種品牌各種顏色都有，你想現在就挑一條裝上去嗎？」

「我要一條全世界最棒的人工陰莖。」

「行，多大都行。」

「不，不只是那樣，我值得擁有更好的陰莖。」

「喔？」

「我要一條具有高速震動、多角度旋轉，還有自動抽插功能的陰莖。」

「這真是……太難辦到了，你說的可是電動按摩棒啊！」醫生一本正經。

「不，我說的是每個男人的終極夢想。」我握緊拳頭，兩眼睜大：「我不知道還要死多久，一定得要搭配一條夢想等級的陰莖才夠用。」

醫生皺眉，努力地理解我的語言。

「好吧，勉強要辦到的話，就只能做成可拆卸式的狀態，也就是平常裝在你身上的只是一般幫浦式的人工陰莖，等到你想玩點花樣，就在卡榫一扳將它拆下來，換裝上電動按摩棒。」

「哼。」我嗤之以鼻。

「哼？」

「你是說，做到一半，我得從抽屜裡面拿出另一條按摩棒裝在我胯下？」

「從枕頭下拿出來就比較不那麼難為情。」

好吧，我語重心長地強調：「醫生，我打算訂做一條，集合一般勃起與頂級按摩棒功能於一身的人工陰莖，我明白我所說的產品絕無僅有。但，價錢不是問題。」

「我會把你的要求寫下來，交給可以做出這種特殊醫療器材的公司去研發，不過研發的時間可就說不準了。一般來說，估計半年到十個月跑不掉吧。」

半年？十個月？

太久了，在十七歲以前我這輩子沒有嘗試超過四天沒做過愛的。

我在死之前的最後一砲是在威利開的酒吧裡的廁所，跟一個我完全想不起來的女人借用馬桶炒的飯，算一算，距離今天也有五個月又十四天。

破紀錄破成這個樣子我想都沒想過！

給我仔細聽好了。

不管是上帝還是魔鬼，祂們一定認為看見東西很重要，所以我的眼睛奇蹟似能見光。

聽見聲音也很重要，所以我幸運地沒有失去聽覺。

思考肯定也很重要，所以我失去半個腦袋還是可以計畫下一個賺錢的行程。

但！

祂們不認為吃飯很重要，所以讓我不會感覺到肚子餓。

祂們不認為喝紅酒很重要，所以讓我不會感覺渴。

最後祂們保留了性慾給我，卻疏忽給我一條堪用的陰莖！

五個月又十四天，我不想再過一次五個月又十四天無性的草履蟲生活！

「醫生，我已經死了，身體不會有什麼器官排斥還是細胞排斥方面的問題，這樣研發速度應該不至於太慢吧。」我畢竟看過一堆「急診室的春天」之類的電視劇。

「也許。」醫生兩手攤開，不負責任地聳聳肩：「也許。」

「如果我想要在陰莖裡加入人工蛋白液的噴射功能，應該也不難才對吧？」我想像著那些畫面，意猶未盡地說：「再加上溫度控制，對！溫度控制！它得是一支讓女人瘋狂的冰火棒！」

看著我手舞足蹈，醫生露出千錘百鍊的職業笑容。

「我能說什麼呢？布拉克先生，如果你有那樣的陰莖，就又靠近了神一步。」

14

我一直沒有提到，關於殺了我的兇手終於找到了這件事。

幾個月前，那個勤勞搶劫的流浪漢一臉無辜地站在鏡頭前，支支吾吾地說，那天晚上他只是想跟我要點酒錢而已，沒想到我自己站不穩，醉倒中「突然撲向他手中的刀子」。刀一插，我就一動也不動了。

「撲向？用背撲向？」檢察官嚴厲質問流浪漢。

「我也弄不清楚為什麼……總之我也嚇了一大跳。」流浪漢發抖。

這個問題流浪漢無法好好回答，法院理所當然判他強盜殺人罪成立。

不過公設律師辯稱，這個流浪漢並沒有在我倒下後繼續搜刮我身上的財物，而是急急忙忙逃走，顯然一時錯手的成分也有可以採信的空間……去你的。

陪審團決定監禁他十年。

「只是短短十年，表現良好還可以提前出獄？」我一腳踢翻了電視。

「算了賽門。算了。」經紀人點了根雪茄。

「……」我怒火中燒，再補踹了地上的電視兩腳。

「如果你對這個判決提出異議的話，社會大眾會認為你得寸進尺，你又不算真正死去，反而還過得這麼愜意，就別跟那個流浪漢計較那麼多了。」經紀人說的都是對的。

但對得真讓人不舒服。

「計較？」我冷笑。

一想到我那無法動彈、連尿尿也辦不到的陰莖，我就想吊死那個流浪漢。

經紀人當然不知道我的癥結點，自顧自提醒我：「加上你是教宗親自認證過的神蹟，你不死，還真沒辦法成為神蹟，所以等一下開記者會的時候，你可別說一些覺得你被殺掉以後就整天活在痛苦裡，或類似的抱怨，畢竟成為神蹟是一件好事，因為——」

「因為他媽的我證明了神的存在。」我早背熟了。

我得裝作不死這件事百分之百非常快樂，不死才有高度的娛樂價值。

幸好在電視上看到判決的那晚，我要的平反也剛剛好來臨。

□

「布拉克先生，你要的東西來了。」

整形醫生打來了我渴望的電話，我立刻飆車去醫院的秘密VIP房報到。

五個月，整整五個月！

我幾乎要迫不及待脫下褲子，裝上那條讓我真正靠近神的人工陰莖。

醫生讚嘆不已，展示著一條不勃起時也有十五公分的特製陽具。

「七段勃起變焦，三種彎曲角度，四種自動抽插頻率的設定，旋轉、震動、溫度控制都沒有問題，所有布拉克先生你要的功能一次搞定，還多附贈了爆炸聲的功能。」醫生得意洋洋地用手指彈了彈它，發出啪搭啪搭的聲音。

這個動作真讓我不舒服，尤其……

「爆炸聲？」我傻眼。

「就是在你按下射出的時候，會發出約三十分貝的爆炸聲，來點感動。為了增加這個功能，原本四個月就可以完成的陰莖，又足足增加了一個月的時間。」

為了讓陰莖發出爆炸聲，我竟然多等了一個月？

我怒得說不出話來，這實在是有點超過了。

「有這種時間，乾脆在上面搞一個 MP3 功能算了！」我竭力克制怒氣。

「答對了！你的陰莖的確內建 32GB 的容量，可以儲存上萬首歌曲或一大堆機密檔案，在幫浦按鈕旁有個 MP3 的耳機孔，喏，就在這裡，你隨時想聽音樂，不管是用耳機、還是直接從蜂巢型喇叭播放都沒問題。」醫生又彈了彈啪搭啪搭的陰莖，笑說：「我已經先幫你選了幾張我最喜歡的專輯存在裡面了，試一下，音質還不錯！」

「……」

不厭其煩地，少了一根筋的醫生鉅細靡遺地介紹：「還有這裡，這裡是USB孔，可以跟電腦交換檔案，不過你不需要拔下來，只要電腦的USB線直接插在這邊就可以了。熱插拔嘛！」

「這些功能，讓我很不舒服……」我冷冷道。

我不想問有沒有手機功能，如果真的有我恐怕就要殺人了。

「最後，你的陰莖採用非記憶型鋰電池，可以充十二萬次電，持續不間斷使用的話可以讓你的女人快活三個小時，還不錯吧？快速充電模式的話，二十五分鐘就可以充到八成的電量。」醫生又是彈了彈。

我不想再看他一直彈我的陰莖下去了，果斷地說：「現在就幫我裝上去吧。」

反正麻醉也是白搭，手術全程我都瞪著醫生在我的胯下做事，感覺非常古怪。尤其醫生乾脆鋸掉了我那條等同盲腸的陰莖後，我悶透了。

看著曾經比我那間小公寓還要重要的夥伴，就這樣皺巴巴揮別我的身體、浸泡在福馬林罐子裡，這不是閹割是什麼？

我回想起我曾經擁有的那一條沙皮狗，為了防止牠亂上野狗感染性病，我帶牠去獸醫那裡去勢。回家後隔一週，牠就因為自卑逃走了。

……是我對不起牠。

「別想太多。」醫生聚精會神地進行著陽具縫合手術。

我乾脆瞪著天花板。

□

兩個小時後，我的雙腳終於重新踏上地面。

我重生了。

戴著一條有很多種我不想解釋的功能的人工陰莖，我又回到了男人的身分。

「走一走，看看有沒有什麼不對勁的地方。」醫生擦著鼻子上的汗。

我大搖大擺地在二十坪大的VIP房走著，有種不可一世的威風。

「好像偏左了點？」

「我故意的，因為我也有點偏左，偏左好。」

「……」我聽了真不舒服。

看了我剛剛走路的動作，醫生幫我做最後的細部調整。

「原本呢，你的新陰莖好是好，但副作用是胯下過度沉重，因為它足足有一點二公斤，不是一般性無能患者承受得起。不過你既然完全沒有觸覺與重量感，那也就無所謂。好了，你再活動一下，看看是不是沒問題。」

說我性無能就算了，但醫生邊說，還是邊用手指彈著我的陰莖。

我真的很難啟齒表達我的感受，於是我用最快的速度將褲子穿好。
「等等布拉克先生，你還沒試試看最要緊的勃起功能！」醫生一愣。
我戴上墨鏡，套上外套：「抱歉啊，我實在不想對著另一個男人勃起。」
「哈哈，也是，也是！」
醫生總算是回過神來，笑著刷下我的信用卡。

□

我沒有睡覺已經有八個多月了，每天晚上都過得異常無聊。
重獲新生的那一夜，我對著飯店陽台上的落地窗玩了很久很久。
如果我可以哭，我一定會哭，可惜我只能對著黑色的玻璃拼命按鈕。
「就算死，也要死得像個男人啊！」
我大吼大叫，這才明白這句老電影對白是什麼意思。
意想不到的是，天快亮的時候，我還真到飯店樓下的免稅商店買了一副耳機。

15

有個作家說：「人生發生的每一件事，都有意義。」

我在裝上超級陰莖後的第二天，還沒開葷，就按照預定的計畫跟經紀人飛到日本，參加一個才剛成立的新摔角聯盟的開幕式。

上次我到日本擔任兩國國技館相撲大賽的開幕嘉賓，招待我們的都是死氣沉沉的老人，到了晚上還叫藝妓在筵席上表演傳統藝術。

我都已經沒辦法吃喝了，還得讓整晚的三味弦糟蹋我，真的很讓人火大。

這次就不一樣了。

「賽鬥，相撲是相撲，摔角是摔角，這次保證讓你大開眼界！」頭等艙裡，經紀人用一本色情雜誌蓋住臉睡覺。

我明白。

我懂。

我盯著空姐的屁股：「今天晚上有得瞧了。」

話說為了打響新摔角聯盟的金字招牌，素有「綠巨魔」之稱的美國摔角怪物也來到了日本，奉命在開幕賽裡，對抗號稱日本百年難得一見的摔角天才「鱷魚王」。

兩頭加起來超過四點五公尺的大怪物，將在武道館的擂台上一決勝負，雙方並在律師的見證下用指血簽訂「準引退狀」，輸的人，在接下來的一年裡絕對不准出賽，不比賽就沒收入，形同金錢封印。贏的人呢，就可以拖走當天票房總收入！

簡單說，就是玩真的。

武道館一片漆黑，現場數萬人的吶喊聲卻達到了沸點。

「各位觀眾——」主持人拿著麥克風，拖長尾音大吼：「不死人，賽鬥！」

黑暗中一道光飛向我，我哈哈大笑跳上擂台，全場歡聲雷動。

接下來我的表演讓十分鐘後的兩怪格鬥賽相形失色。

「世界上哪有不死人！」綠巨魔面目猙獰地躍出。

按照劇本，我先讓綠巨魔打開了我的腦袋，秀出裡面閃閃發亮的半顆腦袋，全場觀眾驚呼連連，綠巨魔順勢戲劇性地震驚坐在地上，一時之間無法站起。

「就算有不死人，我照殺不誤！」鱷魚王嗤之以鼻，扛著一把武士刀翻上台。

不愧是修練過劍道的男人，面對著我，鱷魚王一刀從我的胸前堪堪刺入，又恰恰好透出我背上的傷口，沒有半點差距，我大感驚訝。

還是按照劇本，我慢慢推倒詫異不已的鱷魚王，再自行將武士刀抽出我的身體，不屑地丟在地上。

接過從天而降的麥克風，全場肅靜。

我酷酷地說：「今天晚上，你們之間得送一個人當我的祭品！」

一瞬間五彩繽紛的火屑落下，流焰四射，我在近乎暴動的吶喊聲中離開擂台。

我從擂台旁的選手隧道瀟灑離開，閃光燈全都打在我的背影上。

幾個看起來就像黑道份子的黑道份子一直擋駕在我身旁，幫我一路隔開想跟我握手的群眾，他們粗魯地吆喝著，或直接將接近我的民眾手擊開。

「太棒了！你的表演還是神乎其技！」經紀人咬著雪茄大樂。

「很值得！每一分錢都花得很值得！」負責仲介這場表演的山田先生，用怪腔調的英文在我耳邊大笑。

接下來的兩頭怪物正式開打，我跟經紀人坐在煙霧繚繞的貴賓包廂裡觀看轉播，陪我們看比賽的都是一些看似牛鬼蛇神般的人物，他們用日語大聲交談，我一句都聽不懂。

稱霸美國摔角界五年的綠巨魔不愧是我們美國的驕傲，在一開始的十分鐘裡幾乎以對待小動物的姿態玩弄著日本的鱷魚王，將鱷魚王打得頭破血流，還被翻摔下台五次。

第六次鱷魚王被扔下台後，還昏昏沉沉爬不起來，全場噓聲大起。

「看來雙方實力很懸殊啊。」經紀人看得有點意興闌珊。

「是相當懸殊啊，不過不是你看到的樣子。」山田先生抖弄眉毛。

「喔？難道是打假的？」我微微訝異。

「不，是打真的，只不過沒那麼真。鱷魚王擺明了在讓綠巨魔，要不，只要鱷魚王認真起來，比賽只要一分鐘就結束了。」山田先生抽著菸，很有自信地笑。

讓賽？

「是嗎？」我真看不出來，日本人就是死愛面子。

比賽到了第十五分鐘，綠巨魔一個霸王肘轟得鱷魚王頭破血流，單腳跪下。

綠巨魔不知道贏過頭發瘋了還是怎樣，竟當眾脫下褲子，露出他面貌猙獰的生殖器，朝著頭昏腦脹的鱷魚王頭上淋上熱騰騰的尿汁。

擠在武道館看美日對決的觀眾們，被極端侮辱的這一幕逼到集體咆哮。

「……美國尺寸。」經紀人尷尬地說著冷笑話。

我心想，比起功能，我的更有看頭。

只見滿頭熱尿，一直單腳跪在地上的鱷魚王大吼一聲，突然將臉上的鮮血抹去，站起來，若無其事地轉身面向以為勝券在握的綠巨魔。

像是知道會發生什麼事，全場觀眾頓時沸騰起來，一齊重重踏步、踏步、踏步，節奏迅速從混亂震為協同一致，地板的震動傳到了包廂，好像隨時都會崩塌。

「說好了撐到二十分鐘，怎麼又提早了五分鐘啊？」山田先生咕噥著。

幾個牛鬼蛇神般的人物頓時鼓譟起來，有的臉色鐵青，有的破口大罵。

好像只是隨手一揮，鱷魚王便輕輕鬆鬆拍掉綠巨魔的攻擊，反手一掌「顏面粉碎手刀」重重劈在綠巨魔的臉上，似乎那爆破空氣的啪搭聲也傳到了貴賓室。

綠巨魔的頸子往後一折，雙腳隱約一彎。

接下來的畫面全都是殘忍的一面倒。

三澤的猛虎螺旋坐擊91、獸神的流星撲擊、大森的斷崖利斧斷頭台坐擊、橋本的垂直落下式DDT、佐佐木的雪崩式夾頭翻摔、豬木的延髓斬、秋山的龍捲腳、蝶野的高奇式打樁機與閃光霸王腳……

「這簡直是日本摔角必殺技的示範教學嘛！」我看到痛覺彷彿又回到身上。

最後，是一記連北極熊的自尊心都可以輕易粉碎的花道鬥士炸彈摔，將一百四十公斤的綠巨魔從走道高高舉起，像砲彈一樣摔回場內。

幾乎失去意識的綠巨魔被劇烈的疼痛驚醒，但緊接著迎面而來的，是從天而降、重達一百二十公斤的巨大腦袋——跳水式野獸頭鎚！

比賽結束，就算綠巨魔沒有昏倒也不想再睜開眼睛了。

日本凶人幹掉美國王牌，武道館的歡呼聲幾乎要大暴動了。

「鱷魚王不愧是日本土產的真正凶人，好猛，好猛！」經紀人誇讚。

「原來摔角在美國只是被當成比較粗魯的運動，但說到格鬥技，還是得看日本啊。」我故意說出諂媚的話。

一個隨行翻譯立刻將我們的話翻成日語，那些牛鬼蛇神笑笑點頭稱是。

山田先生露出得意的表情，說：「鱷魚王可是在擂台外也真正殺過人的高手。如果不限於摔角招式，鱷魚王還有很多五花八門的必殺技喔！」

「是嗎？最厲害的一招是什麼啊？」我其實沒有那麼好奇。

「當然是……」山田先生說到一半又自己打住。

不回答我，欲言又止的山田先生卻將我的問題翻成日文，逗得那些牛鬼蛇神一起大笑出來。想必鱷魚王私底下拿來殺人的技術頗為招搖，一說出來就知道哪些社會案件跟鱷魚王有關吧。

「不過就算是那一招，恐怕也殺不了布拉克先生吧哈哈哈哈！」山田先生大笑。

大家不解，山田先生隨即將對話翻譯一遍，大家又笑得人仰馬翻。

從頭到尾我只能乾笑。

16

日本地下經濟的旺盛是世界出名的，只要嗅到一點錢味，黑道都想分一杯羹。陽剛氣息很重的摔角界，跟黑道的掛勾當然也很深，前面提過日本的摔角天才鱷魚王就是在幫會裡佔有一席之地的狠角色，想在擂台上打贏他，得先問過山口組同不同意。長袖善舞的山田先生也有一腳踏在黑道裡，今晚既然是山田先生負責招待我們，就免不了讓我們見識日本女人的風騷。

當然了，任何人要跟我吃飯都得付錢，日本黑社會也不例外。

盛大的宴會在傳統的和式房裡舉行，長長的桌子旁的榻榻米上盤腿坐了上百名黑道弟兄，每個弟兄都抱了兩個姿色上好的女人，食桌上也躺了七個裸女，裸女的身上擺滿了各式各樣的生魚片與食料，氣氛當然很熱烈！

經紀人大快朵頤，酒也喝個不停，懷裡的女人一個換過一個。

我吃不了東西，只好忙摸奶，偶爾用筷子亂挾躺在食桌上的裸女乳頭跟私處。

黑道大費周章請我來日本擔任摔角開幕嘉賓，我自然是宴會的焦點，許多兄弟都恭恭敬敬拿著酒杯坐過來向我說話，我一句也聽不懂。

「布拉克先生，我們幾個弟兄想向你輪流敬酒！」山田先生笑著翻譯。

「這可抱歉，我喝不了酒。」我指著肚子，說：「食道跟胃的機能停止了。」

「是這樣的，他們這些兄弟在刀槍下混日子不容易，每天都在生死邊緣打轉，他們都很羨慕布拉克先生你有不死之身，所以想輪流跟你喝同一杯酒，沾沾你從閻羅王那邊來回一遭的好運道！」

跟男人喝同一杯酒夠噁的，我勉為其難點頭：「做做樣子就可以了吧？」

我一同意，在場所有的黑道兄弟都迫不及待擠過來坐我旁邊，在碟子上斟滿清酒，跟我一起共飲。我隨便沾一下嘴，另一個人就大口將碟子裡的清酒喝乾淨，一個接一個。

即使文化不同，我還是能夠理解他們不想橫死的心理，但如果他們知道死也死不了的人其實也不能真正搞女人，不曉得會不會就不羨慕我了。

再晚一點，剛剛在武道館表演大屠殺的鱷魚王也趕過來了。

剛開完記者會的鱷魚王除下了摔角時戴的鱷魚面具，本人的面貌居然沒有比較好看，一臉兇殘的橫肉，笑起來比不笑的時候還要猙獰。

他一坐下，就像一座不動明王石像，同個幫會裡卻沒什麼人看他幾眼。

山田先生在來的路上向我解釋過，雖然鱷魚王贏是贏了，但他沒有按照組織定下的規矩，過了預定的時間才發動絕地大反攻，害比賽足足少了五分鐘，將來重播的廣告收益不曉得會短少幾個億，讓組織裡的大頭非常生氣。

儘管鱷魚王平日在組織裡有不小分量，隨時都快爆裂的男子氣慨也吸引了很多崇拜者，但現在上頭的人正怒，根本沒有人敢答理他。自知理虧的鱷魚王也只好一個人大口吃肉，一眨眼他的面前就堆了十幾個空碟子。

我很難不注意到巨大的鱷魚王，他也很難忽視身旁擠了一大堆人的我，四目相接的瞬間，即使遠遠地隔了十幾個人，有點尷尬的鱷魚王向我敬了一杯酒，我也笑笑回敬。

「跟他說，他那一刀使得很精湛。」我向滿臉通紅的山田先生說。

山田先生翻譯了，笑起來特難看的鱷魚王用力點點頭，自己乾了一大碟酒。

17

日本人很重視待客之道。

以款待我之名，今晚是黑道的群砲夜，由黑道經營的 AV 拍攝公司鼎力支援。

空氣中充滿了慾念，每個衣衫不整的兄弟都挑了兩、三個漂亮小妞回房開幹，山田先生不停拍著我的肩嚷嚷：「布拉克先生，今天晚上這裡所有的女人都是你的，想挑哪幾個，隨便！我們組織請客！」

既然都這樣說了，我也就不客氣挑了四個不同風味的女人，被我挑中的女人無不欣喜若狂，想必是誤以為被我搞了也會得到神奇的力量。

「四個啊？賽門你可不要太勉強啊！」經紀人醉醺醺地，兩手各抱了一個漂亮女人，據說都是日本知名的 AV 女優。

「你自己管好你自己吧，別弄得太快，丟了我們美國人的臉啊！」我得意地用力捏了一下身旁女人的屁股。

為了今天晚上的重生，我還在飛機上對著自己的陰莖充電，就怕電不夠。

□

接下來在房間裡發生的事就不多說了。

總而言之，別小看死人源源不絕的體力，跟我胯下那花樣百出的新朋友。充滿了報復心態，我一個上過一個，不讓她們有休息的機會，其中一個甚至被我幹到昏死過去。一開始我還很興奮，覺得自己根本就是性神，但兩個小時過去，我發現我滿腔的慾火根本無法隨著這些AV女優的淒厲叫聲宣洩出來。

我徹底餵飽了這四個女人，但我卻越來越想扯開喉嚨大叫。

半夜我走出飯店房間的時候，那四個女人早就失去意識疊成一團。我想會有很長一段時間，那四個女人一想到性交就會陰道發痛。這是我唯一能做的。

這間年代久遠的飯店房間隔音超差，簡直毫無隱私，我在走廊上可以輕易聽見從每一間客房傳來的聲音。黑道組織包下了整間飯店，所以除了啪搭啪搭的打砲聲沒別的聲響。聽了就煩。

十三樓電梯向下，電梯門開。

我獨自一人在飯店樓下的庭園裡吹風……雖然我感覺不到。

夜色的寂寞與我相當搭襯，這種滋味倒是一刻都沒有離開過我的身體。

原以為裝了一條電動陰莖，我死不了的人生就可以大幅逆轉勝。

現在，好像一切又回到了原點。

□

我需要女人，上帝不可能不知道。

我是個需要女人的色情混蛋，上帝也不可能不知道。

上個星期，一個著名犧牲奉獻的非洲神父因鼻咽癌末期死了，所有叫得出名字的政客都發表了哀悼，表示上帝終於接他回去。

是嗎？

我將一瓶漂亮的清酒高高扔向遠方。

「上帝為什麼還要讓我這、樣、活、著！為什麼不讓稍微好一點的人死不了，而是要讓我這種性獸得到不死的權利呢？」

不，這顯然不是權利，而是詛咒。

一個沒有準備好任何答案的詛咒。

遠遠聽到酒瓶摔在地上破碎，還有……一個女人偷偷哭泣的聲音。

我注意到，這庭園的另一邊，有個穿著和服的女人正掩面哭泣著。

我躡手躡腳摸了過去，近距離瞧著她哭泣的模樣。

嘖嘖嘖，那女人生得真美，有著日本女人白白淨淨的臉蛋，穿著傳統和服的氣質比起剛剛那些一絲不掛的女人要勝出太多，就好像是一群廉價妓女裡完璧之身的公主。

幾個小時前在宴會上竟沒注意到這個女人，不曉得剛剛被哪個人抓去搞了？

不，還是根本沒有人選她，所以她賺不到錢只好在這裡黯然神傷？

我胡思亂想。

「真漂亮，如果我的陰莖還在就好了。」我摸著胯下。

下一個瞬間，這種念頭讓我更加忿忿不平，我洩恨地一拳捶向胯下。

正當心情惡劣的我想轉身回房的時候，我剛剛受重擊到的胯下突然冒出巨大的搖滾歌聲，那是邦喬飛的「Always」。

我嚇到了：「什麼？」

莫名其妙我的陰莖突然自己啟動，大聲唱歌唱個不停。

如果我還沒死，我一定會用臉紅脖子熱來形容我現在的窘態。我慌慌張張伸手進褲襠調整，一時錯手按到幫浦開關，我的陰莖迅速充氣翹起，並開始旋轉，還發出嗡嗡嗡嗡的震動聲。

那個美女注意到了陰莖奇怪的聲響，停止了哭泣，錯愕地看向我。

噗哧一聲，她笑了出來。

我冷笑。

「整間飯店的女人都是我的……這可是妳自找的。」

頂著唱歌又旋轉的陰莖，我大剌剌走了過去，一把抱起來不及掙扎的美女。

她起先奮力掙扎了一下，急切地說了一長串我聽不懂的日文，但最後還是屈服了，垂著還沒乾的淚偎在我懷裡。

我說女人啊，我還不夠了解妳們嗎？

□

電梯開門，向上十三樓。

回到一片狼藉的房間，用腳踢開四個持續昏睡的女人，我將這個氣質出眾的美女放在榻榻米中間。

和服真是非常累贅的發明，我連撕帶扯還是無法將美女的和服給剝光，最後還是靠美女自己含著眼淚動手才成功。

我開始用超載的快樂凌虐這個美女，她一次又一次到了我沒辦法進去的地方。

美女的浪叫聲越來越淒厲，終於吵醒了四個睡死的女人。那四個披頭散髮的女人一看到我又開始幹活，不約而同露出驚訝無比的表情，嚷嚷著我不可能聽懂的話。

「嘿，等一下再輪到妳們。」我獰笑。

我一定是露出了很色的表情，那四個女人面面相覷，竟然連滾帶爬地衝出房間，連衣服都不拿，完全就是嚇壞了。

畏懼跟我再做下去的女人走光了，我繼續在詛咒上帝的情緒裡蹂躪著美女。

詛咒上帝累了就換詛咒魔鬼，一連詛咒了五首歌的時間。

美女幾乎要崩潰了，我還不肯罷手。

「別以為妳夠了就夠了，我還不夠！不夠！不夠！」

關於詛咒的詞彙快要用光，房間的門毫無預警地被一股怪力撞開。

我嚇了一跳，美女也嚇了一跳。

擋在房間門口的那個大怪物，也嚇了一跳。

「鱷魚王？」我詫異不已。

他衝進來幹嘛？

鱷魚王看著我，又看著被我壓在下面的美女，一臉橫肉都在抽搐。

猛地，鱷魚王發出一聲足以叫醒整間飯店的獸吼。

雖然我已經死了，但還是可以感受到這一聲獸吼的超強魄力。

一個念頭無比雪亮——我錯搞了鱷魚王的女人！

我抽身而起，高速旋轉又唱歌的陰莖正對著鱷魚王的臉，一時停不下來。

「等等！我可以解釋！」

「……」鱷魚王瞪著它。

我死命地敲著它，手忙腳亂要它立刻給我停下。

它卻對著鱷魚王的臉抽插出不倫不類的砲擊聲。

我失神了。

緊接著又是一聲足以把我吹倒的巨吼，鱷魚王朝著我拔足暴衝。

一撞！

我雙腳離開榻榻米，背部瞬間貼上充滿歷史的牆，我在想失去意識都辦不到的情況下，連同破牆，一齊被無與倫比的衝擊力給撞出飯店。

「……」我看著即時煞車的鱷魚王，看著身旁紛飛的石屑牆塊。

在那一個所有事物都強迫靜止的瞬間，在十三層樓的恍惚高空中……

我總算知道了鱷魚王的真正必殺技是什麼。

我由衷期待，下去後再也別醒過來。

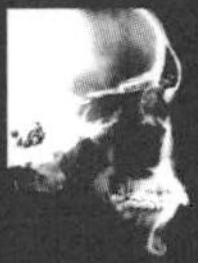

第二章

[悲罪者的命運之逆]

如果有上帝，我豈能容忍我不是那個上帝。所以沒有上帝。
──尼采《查拉圖斯特拉如是說》

1

往事皆可埋葬。

但人不行。

最後他們還是把多年前的案子查了出來，詹姆斯被送回了維吉尼亞州。

這張椅子充滿了罪惡的氣息，他聞得到。

□

「詹姆斯．多納特，你可知罪？」

行刑官冷漠地看著那名叫詹姆斯的男人。

明顯禿頭多年的牧師拿著聖經站在一旁，同樣面無表情。

「……」詹姆斯想點點頭，但全身僵硬，什麼反應也沒有。

他該死，他真的很該死。罪有應得。

四年前一個寒冷的冬天，詹姆斯在維吉尼亞州漫無目的地流浪，一對好心的夫婦收留又餓又冷的他過夜，還給了一張厚厚的毛毯。

詹姆斯回報這對好心人的方式就是到廚房拿了一把刀，走到臥房割斷他們的喉嚨，然後把床頭邊的保險箱撬開。

那不是一場精心策劃的犯罪，現場留下了一大堆指紋跟血腳印，詹姆斯每次一回想起他一邊哭著說抱歉、一邊割開那男人的喉嚨，就覺得自己虛偽得想吐。

他知道自己隨時都可以停下來的，但他沒有。

詹姆斯甚至為了好久都沒發洩出來的性慾，在還在抽搐的男人屍體旁強暴了崩潰的女人，然後再邊哭邊說我沒有選擇地切開了女人的喉嚨。

他是人渣。

人渣是沒有資格擁有好運的。

幾個月前，詹姆斯流浪到紐約，在巷子裡搶劫了一個喝醉酒的路人。

「借點錢。」詹姆斯簡潔扼要地說，還亂裝愛爾蘭腔。

「嗝。」那男人打了一個讓他羨慕不已的酒嗝。

誰沒事想殺人？詹姆斯發誓只是想嚇嚇那男人、弄點酒錢，根本沒有要殺他的意思，但

20080630 BLAZE.W

那男人卻用奇怪的姿勢將背迎向詹姆斯手中的刀子。

刀子進去了，男人不再動了。

詹姆斯可以感覺到心臟被刺破時的奇異觸感。

殺人這種事即使做了兩次，還是沒辦法習慣，他嚇壞了，丟下趴在垃圾堆裡的男人拔腿就跑。

等到詹姆斯跑了三條街回過神，才開始後悔為什麼既然殺了人、卻忘了搜搜那男人身上的錢包。那才是他原本的目的不是嗎？沒拿錢就閃人，搞得詹姆斯連買一場暫時忘記殺人的大醉都辦不到。

更可恨的是，詹姆斯甚至忘了將刀子拔出來！

人生就是這樣，那個男人成了神蹟，詹姆斯被逮住。

一個案子追一個案子，原本詹姆斯以為竟然可以因為忘了搶錢幸運逃過一死，卻還是被四年前的自己親自送上了死刑台。

算了算了，這樣也好，他自我放棄地這麼想。

說出來你可能不信，但詹姆斯真厭倦了流浪的日子。

在餐廳後面的垃圾桶裡找東西吃，每天在超市外徘徊等待過期的食物給扔出來，在公園樹下靜靜等待陌生人將僅剩最後一口熱狗的麵包留在長椅上。犯酒癮的時候，就像那天晚上一樣找個醉死的倒楣鬼搜刮一下，甚至得搶劫看起來有錢喝醉的其他流浪漢……

若非美國是一個富裕的國家，這種人渣早餓死了。沒有尊嚴的卑賤人生，早點死去就是早點解脫。

「有人說，自由女神像、口香糖、電椅是美國的三大象徵。詹姆斯先生，你很幸運地躲過了現在已經不流行的電椅，我們現在處死像你這種畜生，用的是毒針。」行刑官冷酷地捏著他的臉。

詹姆斯眼神呆滯地看著他。

真不曉得，領國家薪水的行刑官幹嘛羞辱一個快死的人？

一旁的牧師也假裝沒看見沒聽見。

是了是了，這不就是詹姆斯人生的寫照嗎？他總是被瞧不起，有記憶以來從沒有人給他真正的重視……除了那晚收留詹姆斯的好心夫婦。

該死，快點把毒針插進我的動脈吧！他心想。

見詹姆斯沒反應，行刑官繼續用非人的語氣說：「流浪漢應該將不少舊報紙當棉被蓋吧？我提醒你，在二〇〇六年的時候，佛羅里達州對一個叫戴安茲的犯人注射毒液，過程竟然持續了三十四分鐘。二〇〇七年的時候，俄亥俄州對一個叫牛頓的犯人注射毒液，那次竟然花了兩個小時，嘖嘖，那裡的行刑官還前所未有允許牛頓中途上了一次廁所。毒液沒那麼管用，讓那兩個畜生死得很痛苦，媒體跟專家都說是意外，但我知道——這是報應。你會不會成為下一個『意外』……很讓人期待啊。」

詹姆斯的牙齒打顫，渾身發冷。

這個狗娘養的行刑官說完一些自以為正義的話後，行刑的過程才開始錄影。牧師帶著詹姆斯讀聖經，假惺惺為他祈福。一本正經的行刑官宣讀著他的罪行及引用的法律條例時，其餘獄卒就將他雙手雙腳固定在椅子上，牢牢地綁緊，一股將死的窒息感籠罩著他。

「現在時間上午十點二十分，犯人詹姆斯．多納特，犯下一級謀殺罪，判處死刑確定——現在開始行刑。」行刑官宣佈。

詹姆斯茫然地看著獄卒將針筒野蠻地刺進他的手臂，涼涼的透明液體流進靜脈。毒液一共有三管，依序流進他的體內。

後來詹姆斯才知道是麻醉用的流噴妥鈉、神經阻斷劑與肌肉麻痺劑泮庫溴銨、停止心跳的氯化鉀，每一種毒藥都能夠單獨處決犯人，搭配起來更是萬無一失。

不到半分鐘，一股寒意從腳底板麻了上來，好像有一百萬隻螞蟻同時咬著詹姆斯的雙腳，沿著他的血管跟骨頭一路往上啃著、鑽著、咬著、吸吮著。

他無法克制恐懼地流淚，不停搓著逐漸遲鈍的手指，不曉得在抵抗什麼……結果不是早就清楚了嗎？

！

氣管的肌肉忽地緊繃起來，心臟像被人狠狠捏住，捏住，快要爆裂開來。

一瞬間死亡好近，好近，就在他的身體裡！那麼痛苦！

「原來這就是死亡！」詹姆斯很著急，拼命想呼吸，全身發狂似抽搐。

再怎麼想藉死亡脫離這個不喜歡他的世界，無法呼吸的詹姆斯還是本能地掙扎。

肌肉扭曲，爬滿臉的淚水像鹽酸一樣腐蝕著他的視線，皮膚好像在冒煙。

是誰說死刑裡最人道的是毒針？是誰說的！自己來試試！

真想用頭朝堅硬的任何地方猛撞猛撞，想在地板上像陀螺一樣打滾，想從高樓跳下，想拿槍朝太陽穴連扣三次扳機——

都好！

都好！

但最後詹姆斯想張開大嘴多吸一口氣！

多吸一口氣再死！

這種極端的痛苦沒有停止，每根血管像充滿了瓦斯，隨時都在點火燃燒。

詹姆斯不想閉上眼睛墮入黑暗，他太害怕了。現在發生的一切與詹姆斯在牢房裡幻想的大相逕庭，他的意識沒有因為毒液變得遲鈍、反而異常清晰，看樣子死亡要詹姆斯徹徹底底感受它，不輕易饒過。

他想大聲求救，他不想死了，他想用所有代價重新當個好人！

一分一秒過去了，肉體持續感受著痛苦的窒息感。

他沒有閉上眼睛，卻什麼也看不到。

黑暗的盡頭會是白光嗎？傳說中接引死者到另一個世界的白色吸力？

詹姆斯在越來越囂張的痛苦中等待著地獄的使者，卻什麼也沒等到。

沒有白光。

也沒有什麼吸力。

「……」詹姆斯呆呆地看著眼前的行刑官。

地獄裡怎麼還有這個傢伙？

「行刑第十五分鐘，犯人心跳停止，瞳孔無光線反應。」

是誰？是誰在說話？

「……」詹姆斯呆呆地扭動脖子，想找出說話的人。

一個醫生模樣的人嚇了一大跳。

「這是怎麼回事？還沒死嗎？」行刑官抱怨。

「心跳的確是……」那個醫生模樣的人拿著聽診器按在詹姆斯胸口。

「是劑量出了問題嗎？真糟糕啊。」行刑官背對著錄影鏡頭微笑。

那表情卻彷彿在說：真好，劑量出了問題，這個人渣果然得死兩次才夠。

醫生模樣的人一邊確認詹姆斯的身體狀況，一邊喃喃自語：「這真是難以理解，明明就沒有心跳了，怎麼會……這完全就不合理。」

一旁的獄卒沒閒著，立刻拿出三管新的毒針，等待命令。

「現在時間，早上十點三十七分，由於犯人詹姆斯多納特尚未死去，依法繼續執行死刑確定。開始。」行刑官像是在洩慾的神情，這個變態傢伙一定很滿足自己的工作就是合法殺人。

「等等……我……」詹姆斯太害怕了，剛剛的感覺還得再體驗一次嗎？

獄卒將三管新的毒針繼續插進他的手臂，詹姆斯急切哀號：「我要上訴！我要上訴！死刑明明已經執行過了——你們不能這樣對待我，這一點也不公平！」

行刑官笑笑看著詹姆斯。

詹姆斯越恐懼，行刑官就越得意，但詹姆斯卻孬種地停不下求饒。

「神父，救我！他們這樣對待我並不公平！」他快發狂了。

「……孩子，你得親自向上帝解釋你的罪。」神父手按著聖經。

三管毒針再次流進他的靜脈，侵蝕著他充滿罪惡的肉體。

詹姆斯只是充滿恐懼地大吼大叫，快點停手，或快點結束！

乾叫了幾分鐘，在行刑官跟醫生的錯愕沉默中，他慢慢靜了下來。

這次，詹姆斯一點感覺都沒有。

不痲不痛，也沒有最痛苦的呼吸困難。

沒有黑暗也沒有光，詹姆斯還是好好地坐在死刑房裡。

醫生左手撐開他的眼皮，右手拿著小型手電筒照著他的眼睛。

「……他已經死了。」醫生宣佈。

「死了？」行刑官瞪著醫生，瞪著詹姆斯，瞪著空掉了的六管針筒。

「你聽到了我說什麼，這個人，確確實實已經死了。」醫生鄭重地說。

行刑官瞪著協刑的獄卒：「該不會是毒液過期了吧？檢查一下。」

醫生搖搖頭，緩緩站了起來：「不，毒液即使過期了還是毒液，這個人也的確死了。沒有心跳，瞳孔沒有光線反應，既然這個人已經死了，這裡就沒我的事了。」

詹姆斯呆呆地聽著醫生的宣判，腦袋一片空白。

行刑官走了過來，搶過聽診器確認詹姆斯的心跳，用力拍打他的臉。

行刑官的動作越來越粗魯，表情越來越氣急敗壞。

不知道過了多久，行刑官兩眼無神地轉過頭：「神父？」

神父呆晌地跪了下來，拼命在胸前劃下十字，淚水爬滿了老臉。

沒錯，如你所想，一個不該屬於詹姆斯的神蹟錯給了他。

繼被詹姆斯殺死的賽門布拉克之後，詹姆斯成了世界上第二個活死人。

2

有人說，從一個人的垃圾桶裡都丟了什麼、怎麼丟，可以了解這個人。

但詹姆斯最常幹的事，卻是在別人不要的垃圾裡尋找他需要的東西。

這麼說來，詹姆斯根本就是另一個廚餘回收桶。

現在，不被任何人需要的詹姆斯成了神蹟。

……魔鬼知道了，一定很想笑。

在理所當然的軍隊抵達前，典獄長短暫接見了詹姆斯。

「孩子，你是無辜的嗎？」典獄長摸著白掉了的鬍鬚。

詹姆斯再怎麼無恥，也不可能否認自己犯下的罪，只是一直以來都抱持著如果沒被逮到、就苟且偷生下去的消極心態，反正不就是這麼一回事嗎？

「不，我有罪。」詹姆斯看著橘色的囚服，髒污的邊都捲了起來。

「在毒液注射之後，你死過了嗎？」

「是的，我非常痛苦。」
「在黑暗裡，你看見上帝了嗎？」
「也許吧……我不知道。」
「上帝將神蹟降予給你，你想不出原因？」
「我不知道，我全都不知道。也許祂只是弄錯了……」
此時軍隊抵達監獄，對話也結束了。
幾個穿著隔離裝的人一邊朝監獄每個角落噴上消毒藥水，一邊將詹姆斯塞進一個透明的、圓筒狀的……「棺材」裡，大概是想徹底隔離他跟外界的接觸吧。
一路上都沒有人跟詹姆斯說話，詹姆斯問他們要送他去哪，他們也噤聲不說，雖然詹姆斯已經死了，那種氣氛還是讓他不由自主擔心了起來。
任何人在這種情勢下也只有胡思亂想。
詹姆斯暗忖……

我沒有死，不，應該說是死不像死，這應該是個禮物。
那個自己撞死在我刀上的賽門布拉克，靠著「死不像死」撈了享用不盡的名氣，每次接受訪問或公開表演都海削了一大筆錢，顯然「死不像死」有很大的好處。
現在輪到我了，我也可以跟賽門布拉克一樣，順利變成一個只有在電視跟報紙上才可以看到的那種名人，從此有著不一樣的人生。

既然「死不像死」是上帝的禮物，那麼，我憑什麼得到呢？

也許那一個寒冷的冬夜，收容我的那兩個年輕夫婦其實是道貌岸然的偽君子，私底下做盡很多見不得人的壞事。

也許，那天晚上他們收容我，其實是要害我……對！他們幹什麼要收容一個像我一樣廢物般的流浪漢呢？

我沒錢，將來有錢也不可能報答他們，他們不可能平白無故施捨我好處吧？

說不定他們假意收留我，其實是想把一件他們幹過的壞事栽贓給我？

也許他們想要趁我睡覺迷昏我、再盜走我的腎臟去賣？

所以整件兇案都是上帝藉著我的手，殺死一對假情假意的邪惡夫婦？

是吧？

是吧？

是吧！

詹姆斯無法再掰下去了，這種縱容自己的想法令他作嘔。

但他沒辦法真地作嘔，你了解的。

3

到了軍事基地，這透明膠囊棺材打開，他們放詹姆斯出來自己走路。先做了簡單的健康檢查，詹姆斯便被槍桿子一路推到一間由強化玻璃建造成的透明拘留所。那個時候，詹姆斯才發覺自己原來並不孤單。

在詹姆斯之前，已經有兩個剛剛死過一次的死刑犯到這裡報到。

一個叫強納生，鼎鼎有名的魔鬼，強納生瑪利。

詹姆斯在報紙上看過他，就連詹姆斯這種人渣都有資格詛咒強納生下地獄。

強納生監禁了鄰居的未成年雙胞胎女兒長達五年，期間畜生般強暴她們是不必說了，最後強納生勒死其中一個、還喪心病狂打算將剩下的一個賣給另一個監禁狂的時候，案件才「意外」曝光。

怎麼曝光的非常好笑，喝醉酒的強納生將雙胞胎之一塞進後車廂後，開了四個小時的車到鄰州打算交貨，雙方碰頭，後車廂一打開，這才發現那個雙胞胎之一是個死人，還是個死了好幾天臉色發黑的臭死人……拿錯了，活下來的那個雙胞胎還關在地下室裡。

另一個監禁狂對強納生打算賣給他一個死人非常不滿，竟然打電話報警，強納生被處以死刑，而那一位監禁狂也跟在強納生的屁股後被送進監獄——原因是，那個畜生在家裡地下室囚禁了三個買來的未成年女童。

另一個死刑犯叫唐，是個矮小精壯的黑人。

唐倒楣在華盛頓州被逮捕、判決、行刑，那裡用的是所剩不多的絞刑，那一下搞得唐頸骨斷裂，整個腦袋搖來搖去的非常滑稽。第二下跟第三下，又將他脖子的肌肉扯得更鬆弛，像個彈簧壞掉的小丑玩具。

唐被判處死刑的原因一句話就可以打發：他殺光了全家。

也許有了賽門布拉克的前例，軍方不避諱將我們三個人關在一起，或許也有藉著用特殊儀器偷聽我們三人的對話、去了解我們的「死不像死」究竟是怎麼一回事的意義吧。

甩著不受控制的大舌頭，唐聽了詹姆斯的苦惱，用力拍著他的肩膀說：「嘿！聽好！你已經死了，死了！然後想想你是怎麼死的，難道你被處死的時候所受的苦，還不足以抵銷你犯下的罪嗎！」

詹姆斯心想，雖然唐殺了他全家，不過他說得對，我被毒死的時候所經歷的痛苦太劇烈了，如果不能抵銷我犯下的罪，那麼，怎麼做才可以？

只是，被毒針鍥而不捨戳了十五次的強納生冷笑：「他殺了兩個人，怎麼只死一次啊？」

唐呸了一口：「他媽的，上帝自有安排！」

強納生嗤之以鼻，這個動作惹火了唐。

唐扯著強納生的囚服衣領大聲說道：「我像殺豬一樣宰了六個人，不也只死一次嗎！我說，上帝讓我們活著，就是默認了我們幹的事是對的！要不，至少認為我們幹的……幹得挺好！」

掙脫唐的拉扯，強納生繼續他拿手的冷笑：「所以我們出去這裡，應該繼續幹我們之前

幹的事囉?因為上帝自有安排?」

縱使詹姆斯認為自己的罪行已經被死刑給抵銷，但這種說法未免也太離譜，他忍不住

說：「唐，你這樣說簡直是褻瀆，上帝藉著讓我們繼續活下去展現了祂的偉大，肯定是要我

們積極幫祂傳教，讓更多人知道上帝的存在。」

唐激動地說：「傳教?我爸就是牧師，我還不是照樣宰了他！」

跟神經病爭辯是徒勞無功的，詹姆斯不想再回應唐，而強納生根本就不屑跟唐討論任何

事，詹姆斯與強納生就這麼聽著偉大的唐演講起，他如何按部就班殺死全家人的「事蹟」。

唐的演講非常冗長，過程鉅細靡遺，有時唐還會深入被他殺死的家人心裡，偽造一些他

家人的「內心話」。詹姆斯聽了很想笑，但即使詹姆斯死了沒什麼好畏懼的，依然不敢惹唐

這種吃炸藥長大的火爆份子。

過了大半天，這個拘留所裡突然又送進來四個死人。

一個是三個小時前在黑幫火併中喪生的二十五歲白人，他的身體裡還留著尚未清除的十

七個彈頭，其中一個將他一隻眼睛給打爆了，彈頭就留在腦袋裡。

他在急診室裡像是大夢初醒般坐了起來，接下來你知道、詹姆斯知道。

第二個被送進來的是被黑吃黑的老黑，他被販毒的同行朝後腦勺開了一槍，倒地後不到一分鐘就爬了起來，拿起槍，朝正要開車走的那名同行射光子彈，將殺死他的同行殺掉。

這大概是有史以來最快的復仇。

好笑的是，被殺死的老黑的同行，在倒地後一分多鐘也奇蹟似「復活」。兩個「死人」面面相覷，當下放棄互相殺死對方的遊戲，一起挺著被打爛的傷勢到醫院要求急診。

接下來你知道、詹姆斯知道，軍隊也知道。

最後一個是專門替幫派試毒的西班牙裔女人，她吸毒過量死了，「屍體」被驚魂未定的拉丁幫派丟進河裡，不會游泳的她費了好一番功夫才爬上岸。她是唯一一個用自首的方式到警察局、要求政府看看她沒有心跳是怎麼一回事的死人。

詹姆斯心想……老實說，這新來的四具屍體，加上我們這三具，統統沒一個好人。

「我不懂，上帝為什麼要讓我們這些壞蛋死而復生呢？」那個身中十七槍的白鬼摳摳腦袋，一身血污狼狽。

「也許是認為我們……罪不至死吧？」詹姆斯期待有人同意他的論點。

「去你媽的放屁。」西班牙裔的試毒女指著超級畜生強納生，說：「一看到這傢伙，我就覺得上帝一定是弄錯了什麼。」

強納生竟沒有反駁，只是曖昧地微笑。

「上帝一定是有任務要交給我們。一定。」被黑吃黑的老黑一直忙著將凸出來的眼珠子塞好。

這個老黑的額頭整個爆開，醜得像低成本恐怖片裡的生化殭屍。即使大家都是死人，詹姆斯還是不敢一直盯著他的臉看。

「任務？總之上帝不會是叫你從後面放我五槍，狗屎，現在被你拖下水了！」黑吃黑老黑的那個老黑忿忿不平地說。

「拖下水？你要不偷襲我，我們現在已經在夜總會裡玩女人了！」被黑吃黑的老黑反唇相譏，說著說著好像快打起來了。

「別吵了，都已經死了還吵什麼？」試毒女厭煩地說。

「改邪歸正，上帝一定是要我們大夥兒改邪歸正。」詹姆斯歇斯底里不斷重複這句話，希望能獲得認同，又說：「也許上帝是想向世人證明，就算是像我們這麼邪惡的壞蛋，也可以在祂的神蹟底下從此變成好人吧！如果上帝讓我們復活，給我們重新再來一次的機會，我們可得好好把握。對，我們都得好好把握……」

試毒女瞪著詹姆斯：「我可不邪惡，老兄。我只是倒楣的可憐蟲。」

身中十七槍的白鬼用手指摳著左眼上的血窟窿，不屑道：「我也沒那麼壞，別看我被轟成蜂窩，我這輩子可沒殺過人啊……至少還來不及這麼幹就被幹掉了，但可別把我跟你們這些喪盡天良的死刑犯混為一談了。」

陰沉的強納生從頭到尾幾乎都沒有說話，只是冷眼旁觀這些死人的討論。

詹姆斯很希望在這些壞蛋身上看見上帝施予恩典的理由，哪怕只有一點點也好，都可以鼓勵他往後死不像死的人生。

只可惜詹姆斯馬上就看到負面教材。

「想太多也沒用，總之我們現在殺也殺不死了，管他上帝不上帝的，就算是魔鬼將我從地獄踢出來，我也不回去了哈哈哈哈！」唐開始興奮，走來走去說道：「出去這裡，我還要殺死我叔叔全家，對！一共七個人統統殺掉！」

體內有十七顆彈頭的白鬼點點頭，說：「去幹吧，反正你已經死了，至多再給你一次死刑。不，也許他們連抓你都懶得做做樣子。」

試毒女可不苟同，對著唐呸道：「這種想法真夠噁心的了，監獄應該把你的頭用斧頭砍下來，看你怎麼囂張！」

唐甩著軟溜溜的脖子，冷冷地走了過來。

不妙，詹姆斯隱隱感受到唐想幹點什麼。

「……」唐看著試毒女，那眼神就像放在冷凍庫裡放了一千年。

「看什麼？我難道還怕了你？」試毒女朝著唐的腳吐了一口。

唐慢慢地伸出雙手，一手按著試毒女的頭頂，一手抓住她的下巴。

詹姆斯大驚：「等等！」

那一瞬間，唐就這樣將試毒女的頭喀喀喀地扭斷。

所有人……所有死人都呆住了。

「你幹什麼！」試毒女的聲音聽起來很驚恐。

「臭三八，我要教妳連死人都當不成！」唐爆發大叫。

他繼續鎖緊試毒女歪掉的腦袋，抬起膝蓋狂毆試毒女的臉，每一下膝擊都發出巨大的爆裂聲。死透了的試毒女雖然不會痛、卻還是本能地拼命掙扎，無奈唐的力氣太大，完全就是任唐宰割的局面。

透明的拘留所四周，立刻響起一陣緊張的騷動。

軍方當然不可能允許唐這麼幹，臨時拘留所內一下子就衝進了七、八個荷槍實彈的陸戰隊，拿著槍對準唐喝斥：「住手！我叫你住手！」

失控了的唐將試毒女摔在地上，持續用腳猛踢她的身體，踢！踢！踢！

直到有人對空開火，巨大的槍響才將欺善怕惡的唐驚醒。

唐訕訕地補上最後一腳，五官整個歪斜毀損的試毒女才擺脫了被死人海扁的窘境。地上好幾顆斷掉的牙齒，幾抹乾乾黑黑的血漬。

「……」嘴巴爛掉的試毒女連罵人都罵得模模糊糊。

恐怖的是，試毒女兩隻眼睛都給唐的膝蓋砸爛了。

她的臉上白白黑黑兩團稀巴爛，像漿糊一樣涎著，她東晃西晃地又跌在地上。

看到這一幕，詹姆斯完全傻了。

拿槍逼退唐的陸戰隊員也呆住了，有人的槍管還在發抖。

一直保持沉默的強納生若有所思，淡淡地結論：「眼睛一旦被砸瞎了，就算死而復生也看不見了。從現在起，我們可得好好保養自己的屍體。」

後來詹姆斯才知道，這不是死而復生。

是死不了。

死不了。

也活不成。

4

這些死人並不寂寞，更晚又有七個死人進來。

這次好一點，這七個人都是死於高速公路連環車禍的意外，也同時在送往醫院的救護車上「驚醒」，嚇壞一堆緊急救護人員。

「現在連好人也加入我們了嗎?真是好的開始。」詹姆斯有點高興。

「誰知道他們以前偷偷摸摸幹過什麼?」被黑吃黑的老黑潑了詹姆斯冷水。

原本這些死人以為大家都會被留置在這軍事基地裡，接受無日無夜的實驗……他們都看過賽門布拉克在歐普拉脫口秀裡描述的一切。但以結果來說，只有臉被打爛、頭被扭斷的試毒女被軍隊的醫護人員帶走進一步實驗，剩下的死人完全就只是聊天打發時間。

這些死人的現況完全印證了賽門布拉克的說法，不渴，不餓，不累，不痛，不癢，睡不著，沒有尿意，失去觸覺、嗅覺、味覺、溫度感跟重量感。

睡不著這點最折騰死人，畢竟睡覺是最方便的、逃避思考的方式。

以前詹姆斯在街頭流浪，與其說日子很苦，不如說日子過得很寂寥。

久了覺得人生毫無希望，要尋死也沒有勇氣，唯有把自己喝得爛醉，爛醉就可以睡倒在任何地方，什麼也不需要想。

如果爛醉的時候不小心被車輾死、或是被大雪凍死、或是心臟一時忘了跳動，那也很好，反正詹姆斯早就放棄出人頭地了。

無法藉由睡覺斷絕跟其他人的溝通，不想說話，不想眼神交會，就只能發呆。

發呆非常消耗精神，是詹姆斯少數擅長的事，因為發呆久了就會睏，睏了找個還可以的地方就睡。但混蛋啊……詹姆斯抓亂他的頭髮，翻來覆去就是一點睡意也生不出來。

不知是誰先起的頭，大家開始談起靠死不像死賺錢的事業。

「我們出去後，就可以像賽門布拉克那樣海撈一筆啦！」

「賽門布拉克只有一個人，我們有這麼多個，怎麼賺？」

「那大家就得團結啊，一起上節目，一起演講，一起表演，反正啊，沒道理賽門布拉克可以做的事我們不能做，他怎麼賺我們就怎麼賺。」

「對，他是梵蒂岡認證的神蹟耶，那我們不也是嗎！」

「我認識一個廣播節目主持人，可以先從那裡開始。」

「白痴啊，你上廣播說你變成了不死人，誰信啊？要當然就要上電視！」

「或許我們該找賽門討論一下，請他當我們的經紀人。」

「我們組個合唱團，叫從地獄復活……還是鬼魅歸來之類的，一定大紅！」

大家七嘴八舌，氣氛越來越熱烈，詹姆斯對這個話題也開始有了點興趣。

詹姆斯心想，他罪有應得被判死刑成了名人，成為名人的代價就是六管毒針扎進他的手臂裡，卻從沒享受過當名人的好處。說是報應，但也不盡公平。

上帝沒有對不起詹姆斯，卻也從來沒有給過他一張好牌。

如果當名人可以讓詹姆斯從這裡出去後不用再流浪街頭，過好日子，有固定的地方住，開輛好車，受人尊敬，那……那……那他一定要好好反省自己過去的所作所為，當一個對社會有貢獻的好死人。他祈禱。

只是強納生嘴角一直帶著奇妙的上揚，詹姆斯看了有說不出的煩悶。

一個老人嘆氣：「我只想回家去，跟我的家人在一起。」說實話，以他在連環車禍中所受的傷勢，回到家，一定會把孫子嚇壞了。

一個剛剛還嚷著要上電視的家庭主婦怔了一下，也幽幽說：「是啊，連電話也不讓我打，我的三個孩子看了電視上的新聞，現在一定哭死了。我得快點回家做飯給他們吃才行。」

就在大家忙著嘆息的同時，一個腦袋毀了半邊的眼鏡仔緊張地壓低聲音：「你們覺得，那些軍人會不會就這樣把我們關在這裡，不放我們走了？」

氣氛就因為這麼一句話急轉直下。

其實大家的心裡都有同樣的懷疑，只是沒有人提，大家也就刻意忽略掉這個可能性。現在一被觸動，所有人都感到背脊發冷——雖然這只能當作普通的形容詞來使用了。

大家不約而同圍成一個圈，背朝外，頭低低，不讓監視器將他們看得太仔細。

「如果他們沒有將不死當成神蹟，而是傳染病的話，我們就會……」

「被撲殺——我們會像瘧蚊一樣被殺個精光。」

「如果軍方找得到病毒的話，當初就不會放過賽門。他們可以放過賽門，現在也沒理由不放過我們吧？」

「那可未必，賽門只有一個死人，我們這邊有十三個死人……加上被帶走的那個女的，一共有十四個。事情開始變得更大條了，不是嗎？找不到病毒，軍方一定會將我們統統殺掉，湮滅證據！」

大家面面相覷。

「少蠢了，我們早就死了，怎麼把我們殺掉？」一個死掉的中學老師舉手。

「當然是用焚化爐將我們燒成灰燼，徹底抹除啊！」一個死掉的無照駕駛高中生自信滿滿，不知在得意個什麼勁。

「絞碎機也可以辦到，不一定要用焚化爐啊。」唐立刻反駁。

焚化爐跟絞碎機這兩個名詞都太驚悚了，那個家庭主婦幾乎就要哭出來，只是她辦不到。就連最陰沉的強納生都忍不住愣了一下，不安地朝監視器那邊看。

在軍方對這些死人展開進一步的行動前，所有死人自動自發說起自己的一生，以及死掉前幾個小時都做了些什麼事，想找出他們之間的共同點——每個細節都可能是造成這些人死不像死的關鍵。

十幾個小時過去了，結論是：沒有結論。

隔天一早，又有大魚入網。

竟然有三十七個死人被送到這裡，軍方手忙腳亂，原先的死人也看得眼花撩亂。這三十七個死人有男有女有老有少，有意外死、有病死、有被殺死。

詹姆斯感覺到，這件事絕對不是焚化爐跟絞碎機所能遮掩過去的了。

第三天，軍事基地無條件敞開大門。

這些死人之間沒有一個成為名人。

一個禮拜內，全世界一共有四千兩百七十七人復活。

那一天起，世界有了新的歷史。

5

時針都轉了兩圈半了。

詹姆斯還是站在市中心，看著時代廣場的巨型螢幕正播放著死人復活的新聞。

「……沒錯，畫面中您所看到的，就是新幹線出軌、造成重大交通事故的八百二十六名受害者。他們傷勢慘重，卻若無其事自行從事故現場走出來的模樣，嚇壞了許多住在附近的民眾與協助救災的消防人員，為了避免驚嚇到小朋友，事故地點附近的小學當天下午緊急宣佈停課……」

「北京當局宣佈，中國原本就有很複雜的人口壓力，為了嚴防不可預期的狀況，從下個禮拜起，所有的死而復生的活死人必須每天向戶籍地的警察局報到，如果有發現不從者，將強制求處極刑。關於極刑的詳細施行，當局還在緊急會商各方專家。」

「以下這則新聞有大量殘忍畫面，請家長自行判斷家中的小孩是否適合觀看。埃及這一間緊鄰尼羅河、風景優美的大飯店，在昨天晚上發生大火，在乾燥的天氣下火勢一發不可收拾，初步估計一共奪走三百多名旅客的性命。這三百多名燒成焦炭的旅客從災難現場自行走出，各位可以看見水柱都還不斷噴進大飯店，而那些死而復生的旅客身上都還冒著火，有的根本臉孔難以辨識，嚇壞了許多……可以想見埃及政府馬上就要苦惱的是，這些被燒死的旅客該怎麼搭機返回他們原本的國家牽涉到現行的飛航法規問題，許多善後問題正考驗著當局的智慧。」

一個月了，人類終於克服了數千年來都無法解決的問題：如何長生不死。

從某一天開始，不管是誰，不管死法，統統沒有人真正死成。

每個國家的政府都苦苦研究原因，科學家跟醫學家拼命提出許多專業解釋，有的你我都可以想像得到，有的連十歲小孩都不相信。

最普通的解釋如「無法死亡是一種新型的傳染病」，這個解釋獲得許多國家的醫療資源全力支持，短期內所投入的研發經費甚至超過一個國家的國防預算。專家面紅耳赤地呼籲，如果不快點處理好，這將是自愛滋病與流行性感冒面世以來對人類生存最具威脅性的傳染病。

……詹姆斯想，那句話的文法大有毛病。

「細胞停止衰老是非洲古老寄生蟲大舉侵襲」這種似是而非的言論最可怕，因為細胞停止衰老是真的，後面的古老寄生蟲什麼侵襲的，就不曉得在胡說什麼，這個長句子加上「非洲」這個特定區域，就讓這種謠言多了一點證據確鑿的可信度似的。都是鬼扯。

類似濫用專業術語的例子還有：「太陽表面黑子活動造成地球磁力線偏軌」、「基因改造食品的惡果——人類終於破壞了上帝賜予的DNA組序！」、「盲目建造核電廠的悲哀，你看不見的輻射線將你的鄰居變成活死人！」等等。

說穿了，就是各個利益團體為了強化自己的主張，無所不用其極將奇怪的大事件掛勾在他們關心的議題上，希望藉著牽強附會的解釋，影響大多數人的看法。

詹姆斯很懷疑有誰真正被說服了。

「恐龍就是這樣滅亡的！」這一條斗大的標題怵目驚心，被不知名的團體用十幾條長白布漆上紅字，橫懸在布魯克林區的十幾條街上，恐龍滅亡是滅亡了，但干活死人屁事卻沒說到半個相關。

也有許多第三世界國家聲嘶力竭向國際社會控訴，認為這肯定是一起由美國主導的「生化武器毒素外洩所造成的大規模感染」，或者是更惡意的「這是基督教國家的生化武器攻擊實驗」，要求美國必須立刻釋出解藥。

如果詹姆斯沒有身在事件中，恐怕也會相信這個指控就是事件的真相，但詹姆斯很清楚這一切來得莫名其妙。

在科學昌明的現代，一切講求證據，講求邏輯，但世界的巨變近乎設定失控的三流科幻小說，最後連「地球暖化造成基因突變」這種荒誕的說法都刊在專家的報紙投書裡，真的是非常好笑。

「想破頭不如直接去幹」這個觀念畢竟還是挺管用的，關於活死人的「身體能力」被許多實驗跟街頭暴力聯手給歸納出來，其結果也成了許多像詹姆斯這樣的活死人生活指標。

例如把活死人的腦袋給砍下，活死人還是死不了，但身體並無法像恐怖電影裡的殭屍一樣，自己走過去把頭撿起來再裝回去。重點來了，如果把頭給黏回身體，那——有的活死人還是可以像往常一樣操作自己的身體。

但！有的活死人卻沒有辦法控制身體，從此之後就只剩下一顆死人頭。

可以跟不可以的原因，都不明。

若是把活死人的手砍下，再接回去，也是同理。有的活死人可以照常使用縫接回去的斷手，有的活死人卻是不行。有的活死人採取精密的外科手術，裝模作樣將斷手萎縮的神經、乾癟的血管、缺乏鈣質的骨頭全部都接得好好的，卻連動一下都辦不到。

但有的活死人只是隨手用焊槍跟釘槍，硬是將被飆車族砍掉的大腿「焊接」回身體，照樣行走如常。

可以跟不可以的原因，都不明。

如果你生前是個瞎子，在你死後還是個瞎子。

但也有一些不算少的例子恰恰相反，突然重見光明的活死人也大有人在。

可以跟不可以的原因，都不明。

但可以確定的是，如果活死人將眼睛戳爛，那就無論如何都看不見。

神奇的是，有些活死人可以搶劫別的活死人的眼珠裝在自己的眼窟窿上，然後就突然又看得見了⋯⋯是的，如你所料，有可以的、也就有不行的。

千真萬確的是，如果你將活死人的頭砍下後，用各種隨你高興的方式碾碎、燒掉、炸成焦片，那麼這個活死人就「再也活不過來」——這是那些生化殭屍電影裡唯一說對的事。

有的人在死後，身體的活動力回到生前的巔峰，跑得快，跳得高。有的人的屍體運動力，則維持在死前的水準。當然，有的人就變差了。原因不明。

有的人在死後瞬間復生，有的則是拖拖拉拉昏睡大半天才醒，也有些少數特例會產生夢遊症狀，過了幾小時才重回人間。原因不明。

人們很快就發現，這個大異變完全無法用科學去理解，只能在接受的過程中找到遊戲規則，越快弄明白就越能假裝出：「喔！不就是那麼一回事嗎？」

6

並非所有人都憂心忡忡看待這場異變。

前幾天詹姆斯正好經過一個車禍現場。

紅綠燈旁的迴轉路口，一個躺在地上的女人被一台賓士撞得連腸子都流出來，左大腿也歪得翻過去，樣子無比悽慘。

詹姆斯看著女人的鼻孔一鼓一鼓冒著血泡，血泡越來越小，都快讓詹姆斯想起什麼叫做痛。

詹姆斯沒事幹，乾脆就坐在旁邊的消防柱上，跟一大堆路人圍著看發展。

不久，血泡變成了一堆碎泡，然後也不血泡了。

有個好事的路人從女人的包包裡撿了手機報信，女人在附近上班的男友趕了過來，一看到滿地的腸子，便趴在地上哭得死去活來。

那男友大叫：「依蓮！醒醒！拜託妳像其他人一樣醒過來啊！求求妳快點醒過來啊！」

真情至性，惹得很多圍觀的人都跟著擦眼淚。

每次都慢半拍的救護車終於到了，擔架衝出後車門的時候，被撞慘了的女人卻若無其事坐了起來，好像剛剛只是睡了場覺。

「我死了？像新聞裡說的那樣？」女人有點茫然。

現場沒有尖叫，因為很多剛剛一起圍著看熱鬧的人都將嘴巴拿來吐了。

不過詹姆斯卻很感動她的男友一點也不怕她、反而用最快的速度幫她將滿地的腸子塞進她的肚子的樣子。他邊哭邊笑，說：「感謝上帝！現在我們快點到醫院把妳的肚子補好，然後再把妳的腳弄回原來的位置，不怕，不怕喔！要勇敢！」

詹姆斯想，過不了多久，救護車出動的急促嗡嗡聲會變成絕響吧。

7

才一個月，數千年來建立的一切常識都不再管用。世界大亂。

「所謂的定義，就是要區分出誰是、誰不是。」

著名的英國哲學家兼作家阿茲克卡如此主張：「倘若依照以往哲學家笛卡兒的定義……

我思故我在，那麼這個世界已沒有真正的死人了。所以我主張，死人應該分成『前死人』跟『後死人』，所謂的前死人就是死了就死的死人，後死人就是符合前死人的生理特徵、卻持續擁有思考能力的新一代死人——也就是現在引發我們重新思考死人定義的那些東西！」

這個聽起來拖拖拉拉的廢話主張，迅速淹沒在定義的大海裡。

現在，就連大家要叫「那些東西」做死人還是活死人都無法決定，也有人硬是要費功夫發明新名詞如「死不像死人」、「半生不死人」、「死亡邊緣人」、「硬是不死人」、「全死不活人」等等。

每個稱呼都有媒體跟著附和，讓原本活著的人更加心煩意亂。

詹姆斯對「活死人」這個簡單的稱呼比較有好感，因為其他的新名詞聽起來都有種嘲諷的隱義，或太具娛樂效果讓死人不舒服。

這陣子除了死而復生的種種傳聞外，所有的資訊都失去了魅力。例如詹姆斯在地下鐵撿到一份八卦報紙，上面詳載了兩個禮拜前發生在俄羅斯的爆笑兇殺案。

為了爭奪姑媽的遺產，兇手偽裝成小偷潛進了豪宅，用刀刺殺了表親死者後，再將死者塞進後車廂預備開到深山裡棄屍。沒想到兇手在棄屍途中，路過高速公路休息站時下車上廁所，復活的死者就自行踢開後車廂逃走。後來忿忿不平的死者親自指控跟自己有遠親關係的兇手，兇手想賴也賴不掉，第一次開庭法官就給了死刑，連兇手自己也沒反對。

可以想見的是，這個兇手將被處死，然後一臉茫然地從極刑房裡走出去。

有什麼意義呢？

□

這類莫名其妙的事只會越來越多。

無名小卒有無足輕重的好處，這些稀奇古怪的事對那些努力活著的人比較困擾，但像詹姆斯這樣毫無親人朋友、完全沒有社會地位的流浪漢，根本不需要煩惱為什麼自己死不像死，更不必去思考這樣的自己對其他活著的人會產生什麼衝擊。

省省吧。

詹姆斯終日漫無目的地閒晃著。

他可以在市立圖書館的視聽間裡連續租借八個小時的電影、歌劇、演唱會的光碟，也可以在書報雜誌間裡乾耗五個鐘頭讀遍每一份報紙的每一則新聞。

今天早上詹姆斯在公園長椅上看人餵鴿子餵了三個小時，不，也許是四個小時吧。無所謂了，如果詹姆斯可以連續看人餵鴿子十個小時而不厭倦，他也一定會這麼做的。

「……」詹姆斯下意識瞧了一下路邊的垃圾桶，裡面有盒還剩一半的爆米花。

雖然多餘，但詹姆斯還是忍不住將那盒爆米花撈起來揣在懷中，然後躲到樹蔭下享受。嚼一嚼，然後吐出來，只是做個樣子回憶自己之前過的生活。

可惜吃了幾個連精神上都索然無味，只好悻悻放棄。

「……」詹姆斯在公園裡繞來繞去。

繞來繞去。他期待天快點黑，但黑了又怎樣？

詹姆斯不再乞討，因為他不需要任何東西。

肯定是犯賤，詹姆斯從來沒有不虞匱乏過，也無法習慣。

以前流浪的時候都花很多精力在找吃的，找喝的，無所不用其極。

想辦法騷擾店家勒索點好處，直到店家受不了報警為止。

在昂貴的餐廳附近苦著臉徘徊、祈禱有錢人奢侈了一頓後看到這個世界上還有人連肚子也填不飽、於是賞詹姆斯幾個銅板。

街上的熱戀情侶最容易施捨流浪漢一點零錢，因為沒有情人願意在對方的眼中是個冷血動物。

詹姆斯過去費盡心機想辦法讓自己活下去，不只吃喝，找個暖一點的角落可以窩幾天，偶爾搶劫酒錢大獲全勝把自己灌醉，這些蛆蟲般的作為，耗費了詹姆斯所有的人生。

現在則完全不必煩惱。

不必找吃找喝，也不必找醉——天殺的詹姆斯喝酒就跟喝水一樣，完全沒感覺，兩者都只會讓自己的肚子鼓了起來。就算睡在雪堆裡也不怕冷死，因為詹姆斯已經死了。

流浪到底要做什麼呢？

死不像死太容易了，讓詹姆斯完全沒事幹。

提過很多次了，過去面對寂寥最好的解決之道就是睡覺。

順利的話，一般人可以靠睡覺逃避二分之一的人生，流浪漢如詹姆斯則至少能辦到逃避二分之一。如果加上酒，全部都逃避掉也不是難事——應該說，這就是詹姆斯人生最大且唯一的願望。

但現在詹姆斯只是一直在發呆、發呆、發呆。

不發呆的時候，詹姆斯偶爾會想起那一個罪孽深重的冬夜。

或許是因為死不了並不算太壞，至少沒有壞到足以成為「報應」，詹姆斯當初殺了那對夫婦的罪惡感還在，始終揮之不去。

如果那對好心的夫婦在被詹姆斯殺了後也能復活，就像鼎鼎大名的賽門布拉克一樣，那詹姆斯的心裡肯定會舒坦多了。不，說不定一點歉疚感也沒有。

歉疚令死者也很難受，所以詹姆斯還是習慣發呆、發呆、發呆。

「真羨慕那些知道自己等一下要做什麼的人。」詹姆斯對著空氣說。

他坐在大樹下已經連續好幾個小時了，身上都是乾掉的白色鳥屎跟落葉。

沒人想靠近他，他也沒動機靠近任何人。

要站起來也找不到理由，一直坐著也不累，那便一直僵僵地坐著吧。

遠遠的。

詹姆斯看見一個流浪漢正在垃圾桶找東西吃，心中竟有說不出的羨慕。

8

很多事馬上就可以想像。

監獄開始大暴動。

有幾個廢除死刑的州，擁有刑期無限累積的判決慣例，很多被判了一百年、兩百年甚至是三百年的大惡棍，突然之間意識到自己當真得在監獄裡度過數個世紀之久，有志一同在監獄裡發飆了。

在美國東岸的辛坦納監獄裡，有一個被判了兩百五十年的連續姦殺犯撕爛棉被，在牢房裡上吊自殺後如預期般復活，他在早餐時間站在公共長桌上宣佈自己已死、並打算就這麼大大方方走出監獄的時候，卻在走廊外被獄警攔了下來。

這段對峙的畫面被監視器捕捉，然後遭不肖的獄警賣給媒體而曝光。

「對不起勞克，你得滾回你的房間先！」一個獄警揮動電擊棍，搖搖頭。

「我可是死了！」那個叫勞克的活死人耀武揚威地說。

整個餐廳的囚犯都大聲叫好，有人鼓掌，有人拿碗敲桌子，等著好戲上演。

幾個戒備的獄警用棍子大力敲打門柱，喝令囚犯停止騷動。

「我不想跟你玩文字遊戲，勞克，你如果不回去馬上就有苦頭吃了。」為首的獄警像往日那樣，神氣地左手扠腰，右持電擊棍指著勞克的鼻子。

「哈哈！苦頭吃？我倒想知道你們可以拿我怎樣？」勞克狂笑。

氣不過的獄警一個箭步上前，手裡的電擊棒啪搭一聲就往勞克的肩膀砸下。

十五萬伏特的電流如猛虎出柙，但勞克連動都沒有動，只是站著。

「……」勞克看著劈哩啪啦冒著焦煙的肩膀，吃吃笑時，嘴巴還可以看見青色的電流在牙齒間急竄：「省省吧，你們需要先將我抬進停屍間擺個姿勢拍照，再將我送出去的話，老子也可以配合！但你們終究得讓我出去，因為我已經死了！你們沒有權力囚禁一個死人，聽懂了就快點拿擔架來！快！」

剛剛出手電擊的獄警一時呆了。

「我說——快！」只見勞克不耐煩地伸手按向那獄警的胸口。

強大的電流在勞克身體裡過水轉了一圈後、瞬間灌進獄警的身體裡。

一聲巨大的悶響，獄警往後飛倒，口吐白沫抽搐不止。

「釋放死人！」

勞克大吼，高高舉起還隱約冒著電氣的右手。

「釋放死人！」

全餐廳幾百名囚犯都興奮極了，不管其他的獄警怎麼吹哨子敲棍子，全都狂拍長桌大聲叫好，有的還當場拿塑膠餐刀做出割頸自殺的模樣。

什麼都沸騰了。

這些原本就因不受社會控制而被扔進監獄的人，全都瞬間還原成野獸。

「你們沒有權力囚禁我們幾百年！你們是什麼東西啊！上帝嗎？魔鬼嗎！」

「釋放勞克！釋放死人！世界末日到了，我們立刻就要離開這裡！」

「沒有權力！你們沒有這種權力！」

「立刻槍斃我們！然後讓我們死著出去！我們寧願死著出去！」

「法律一點也不公平！我要重新見我的律師！」

所有獄警面面相覷，不敢再吹哨子。

這種局面如果強力壓制的話，站在第一線的他們立刻就會遭殃。

上面的人當機立斷。為了平息隨時都會演變成暴動的騷動，兩個擔架立刻衝進餐廳外的走廊，一架抬走了被電暈了的獄警，一架還真的請勞克躺了上去。

「夥伴們！我先走啦！哈哈哈哈哈哈哈！」

勞克豎起大拇指接受眾囚犯的歡呼，在吼聲與掌聲中被送往停屍間的方向。

當天晚上，又有五個人成功自殺。

五具屍體一邊聊天、一邊被獄警扔上擔架裝模作樣地抬走。

待在牢房裡的數百犯人齊聲唱著美國國歌、歡送那些死不瞑目的死者離去。

報紙上說，隔天典獄長在晨訓時公開對受刑人演講，呼籲冷靜：「我相信！死人很快又會真正死了！大家不必擔心在監獄裡度過沒有盡頭的死亡！我無法保證，但我相信，上帝終究會讓所有人安息的！」

這番演說引來底下無數的噓聲跟中指，當天又有七名重刑犯洋洋得意自殺。

原本這則監獄騷動的新聞，很快就淹沒在很多條奇奇怪怪的活死人新聞裡，同樣被列為寰宇搜奇的那幾個不斷擴張的版面。

監獄在大騷動後第三天，勞克跟那些自殺死亡的重刑犯被兩個從事勞務的囚犯意外發現，他們的「屍體」被「依法」關進了上鎖的冷凍停屍庫裡，等待遙遙無期的法醫解剖、確認死因。

就算是個死人，也有比死還可怕的刑罰足以崩潰他們。被封進連轉身都沒辦法做到的窄小空間裡，只要五分鐘就足以毀掉一個人的神智。

何況是三天。

「放我出去！我發誓我不會再想出獄了！我會乖乖待在牢房裡兩百五十年！我會的！我真的會的！」勞克在裡面幾近崩潰地大哭大叫。

其他十幾個自殺死亡的囚犯也同聲求饒，淒厲的哭喊聲震動了冷凍庫牆。

震驚於殘酷的真相後，冷凍庫立刻被憤怒的囚犯拿鐵鏟撬開，一個接一個，惡貫滿盈的勞克跟那幾個死刑犯被放了出來，個個怒不可遏。

要知道，那夥死人每一個都是犯罪的資優生，他們第一件要做的事可不是越獄，而是第一時間衝進系統控制室幹掉裡面十幾個措手不及的警衛，一邊對著廣播咆哮他們在冷凍庫裡受到的刑罰，一邊打開幾百間牢房的電子門，將所有重刑犯釋放出來。

「殺光他們！今天我們就要離開這裡！今天！我是指——今天！」勞克大吼。

幾百個擁有「無法再待下去的理由」的重刑犯不顧一切衝向警衛，看見幾個就幹掉幾個，沒被逮住的獄警為了保命別無選擇，罕見地動用了塔頂的機槍掃射。

這一掃射，上百個重刑犯當場死了……這也是最好笑的部分。

半小時後，監獄就被一大群活死人給攻破了！

死人也是有立場的。

死而復生的獄警被整得很慘，積怨已久的囚犯將他們的屍體扯得四分五裂，將他們還在尖叫的腦袋丟來丟去，有的頭顱被拿去打籃球，有的被當足球踢，有的則被敲斷牙齒……讓還活著的變態囚犯輪流洩慾。

那些囚犯最大的錯誤，就是花了太多時間在監獄裡開復仇派對。

活人的力量絕對不能小覷，監獄淪陷不到十分鐘，典獄長的頭顱才剛剛被大夥兒在大集合場中央「升旗」，浩浩蕩蕩的正規軍隊就聞風而至。

黑鷹直昇機震耳欲聾的呼嘯壓制了整片天空，螺旋槳將逆光刮成恐怖的碎片。

「操！」大集合場上，幾百個囚犯不約而同抬起頭。

「會不會太誇張了？他們要用直昇機對付我們？」

「要不要閃人了？現在閃人還來得及吧！」

「美國是講法治的國家，講人權的，再怎麼說也得遵守逮捕程序！」

「放心吧，我們都死了，他們能怎麼樣！」

說這話的人，似乎忘了他們剛剛是怎麼對待那些死掉的獄警。

不假惺惺浪費時間拿大聲公溝通，從天而降的軍人第一時間就用重型機槍砲，將那些自以為勝利的活死人重刑犯打成蜂窩。

先是轟爛他們的腳，打爆他們蠕動掙扎的手，再好整以暇地用大型垃圾車將亂七八糟的、還在呼吸、還在求饒的屍塊掃進去，鉅細靡遺地攪拌碾碎。

「對不起我真的不會再犯了，快點把我的身體接起來！求求你！」

勞克用他僅剩的右腳跪在地上，拚命磕頭。

「呸，你當然不會再犯了。」

一個軍人拿著發燙的衝鋒槍，叼著菸，伸腳將勞克的腦袋踏成漿糊。

後來這件事大大登上新聞頭條，連馬賽克都懶得打，主要意義還是活人想要恫嚇死人不要太囂張——這個世界畢竟還是有很多方法可以凌虐死人。

9

毫無疑問美國真正是一個講究人權的國家，但那是指活人。

有陰謀論說，正規軍隊之所以能夠在辛塔納監獄暴動後十分鐘立刻趕到現場「再屠殺」，是因為政府早就籌劃了一場鎮壓活死人的秀，而監獄正是這場秀上演的最佳場所——沒有人會同情那些惡貫滿盈的死人。

這起監獄大暴動只是個前奏，後來很多監獄都有類似的情況——活囚犯在攻擊獄警的過程中前仆後繼死去、再用不死之身奪取監獄的控制權，接下來軍隊便迅雷不及掩耳地出動，將佔領監獄的活死人無差別地轟成碎片，碾碎再焚毀。

一連串監獄大暴動與隨之而來的大清屍，社會恐懼終於到了臨界點。

當白宮召開自波斯灣戰爭以來最大的記者會時，到處流浪的詹姆斯正坐在二十四小時營業的公路餐廳裡，將無所事事的自己塞進一張藍色塑膠椅子。

桌子上一杯別人喝不完的咖啡，半碗生菜優格，還有一盤光是將蕃茄醬沾了亂七八糟、卻沒有認真吃掉的薯條。

在三個月前這肯定是一份隆重的大餐，但詹姆斯現在只是純欣賞。

零零落落的幾個人盯著電視看，有的神情緊張，但大多無精打采。

「不吃了嗎？」一個年邁的清潔工指著詹姆斯眼前的剩食。

「……我還想多看一下。」詹姆斯趕緊阻止。

電視機裡，美國總統在白宮前發表一份疾言厲色的緊急命令。

世界上最有權力的人嚴肅地唸著稿。

「午安，美國。

「不管我們是怎麼稱呼你們的，死人？活死人？半死不活人？死亡邊緣人？夠了，你們知道這些都是在說你們，仔細聽好了。

「從此時此刻起，美國正式進入緊急戒嚴期，這段期間內所有的死人都得遵守現在的法律，每一條都得遵守，不准偷竊，不准搶劫，不准超速駕駛，不准任意穿越馬路，在商店裡拿每一樣東西都要付錢！如果你們做出任何危害活人生命的行為，警方、國民兵與正規軍有權將你們就地斬首焚毀。希望家裡有死人跟你們一起生活的活人家庭，大家能彼此約束，高道德標準地要求你們死去的家人與朋友。

「同樣的，如果我們之間有任何活人，恣意對死人做出種種傷害對方的暴力行為，例如性侵害、截肢、槍擊、斬首等等，一律都不允許，否則任何執法單位都有權力將犯罪的活人扣押審訊、視情況長時間監禁。未來你們所要面臨的刑責，將不只是毀損他們屍體這麼簡單，緊急戒嚴期間的犯行，全部都適用即將修擬出來的新法律。

「沒錯，新的法律。

「在緊急戒嚴期間，我們的國會將馬不停蹄地修改美國憲法，各州的法律也會同時快馬加鞭做出大量的修改，好符合未來的需要。共體時艱，是每一個活人與死人的責任，希望在未來的法律中，偉大的美國能同時保障活人與死人的權益，包容死者，保障活人。

「天佑美國。」

美國總統低首，在胸前劃十字。

鎂光燈蜂擁而上。

10

一隻蒼蠅停在沾了蕃茄醬的薯條上。

詹姆斯假裝打了一個呵欠，但其實他不需要。

「你們我們的，聽起來真不舒服。」詹姆斯嘀咕。

正在拖地的老清潔工附和著：「幸好也有一些活死人在生前財大勢大，不然我們死人根本沒辦法跟活人談判。」

詹姆斯打量了一下那名老清潔工。

從他剛剛的談話內容聽來，老清潔工似乎也死了。

既然死了，但他幹什麼還在這裡拖地？

拖地做啥啊？

一個坐著輪椅、手上垂吊著點滴，手裡卻拿了一罐冰可樂的駝背老人莞爾，大表同意：「那些負責修法的國會議員，至少有一半都超過五十歲，不管他們打算什麼時候踏進棺材，他們終究也會一死……就跟我一樣，嘿嘿，嘿嘿。」

詹姆斯看著坐在輪椅上喝可樂的老人，心想，這老傢伙肯定非常期待在翹毛後，能藉著神蹟擺脫屁股下的雙輪怪物吧。可以或不可以，誰也說不準。

老清潔工用力將隔壁桌子上的食物殘渣掃進垃圾袋裡，再用抹布仔細將桌面擦乾淨，說：「沒錯，這件事最矛盾的地方在於，你們這些活人遲早也會變成我們，所以法律修改之後也不見得是壞事，對死人好一點，就是為還沒死的活人鋪路。話說現在啊，到處都是對死人不利的傳聞，嘿嘿，據說外面有越來越多的瘋子到處獵殺我們死人，說是替天行道，嘿嘿，真不曉得他們有一天要是死了，會作何感想啊？」

那些仗著無法可管到處惡整死人的瘋子，指的是各式各樣的飛車黨、腎上腺無節制爆發的青少年幫派、新納粹極端份子、臨時找東西試槍的黑手黨，以及無所事事的街頭混混等，一大堆。

這些瘋子施加在死人身上的手段，比起往日的3K黨要誇張一百萬倍。

詹姆斯在八卦報紙上看過很多恐怖的新聞，所以隨身都攜帶幾支菸、一只塑膠打火機，如果遠遠遇著了那些瘋子騎摩托車用鐵鍊拖著死人遊街，詹姆斯就得若無其事地點著菸，裝出很享受吞雲吐霧的樣子遮掩一下。

「冒昧請問一下，你是怎麼死的？」詹姆斯隨口問道。

老清潔工暫停手上的動作，指著胸口：「兩個禮拜前，心臟麻痺。你呢？」

「也是心臟麻痺，三個月了。」

詹姆斯說謊。這是他自以為還擁有羞恥心的證明。

「三個月？那不就是活死人剛開始席捲全世界的時候嗎？」輪椅上的老人打岔。

「正是，身為先驅者，當時我可是嚇了一大跳。」詹姆斯自我解嘲：「不過講難聽點，我連好好活著時都沒人關心，現在死成這樣也不算什麼。」

「既然沒有人死掉可以例外，你的確沒什麼好擔心的。」輪椅上的老人點點頭。

「我也是，一直沒事幹也不是辦法，所以我還是來拖地。」老清潔工說。

「拖地能換來什麼？錢嗎？現在你又不需要那種東西。」詹姆斯問。

「也許吧，我一死，就先請假在家裡閒耗了兩天，最後還是來打卡上班了。」

「那我呢？像我這種流浪漢，生前只求醉死在路邊……」

詹姆斯懶得再說下去。

三個月來，他已經漫無目的地閒晃了好幾個地方，跨越了兩條州界。

即便是最無欲無求、避居山野的隱士，也得花時間找東西吃。與其說詹姆斯的人生已不虞匱乏，不如說他的人生就像一望無際的砂礫曠野，不曉得要栽種什麼，反正什麼也長不出來。

「如果你不計較薪資的話，像你這種什麼也不需要的死人，應該不難找到工作才是。」老清潔工壓低聲音，說：「我聽說，沿著這條公路走，大約二十哩的地方有個購物中心工程，那兒就有一大批從東南亞招募過來的死人，他們不會累也不會想睡覺更不怕死，可以二十四小時連夜趕工。你要是想打發時間，可以過去看看。」

「未免也太麻煩了。」詹姆斯玩著手指間乾乾癟癟的薯條。

他之所以成為流浪漢不是沒有原因的。

做什麼都很累啊，詹姆斯嘆氣。

「我說朋友，如果你一直不找事情做，幾十年甚至幾百年過去了，你怎麼辦？」老清潔工不是什麼哲學家，只是就事論事：「難道一直無所事事下去嗎？」

輪椅上的老人將喝光光的可樂罐放在桌上，從口袋裡掏出一條巧克力棒，萬分珍惜地咬著。如果他的主治醫生看到罹患重度糖尿病的老人這種吃法，一定會乾脆一點，在輪椅邊的點滴包裡注射氰化鉀讓老人瞬間暴斃。

「我本來就是這麼打算的。」詹姆斯直承不諱。

「什麼意思？」老清潔工瞇起眼睛。

「我是說，我活著的時候，就打算無所事事到死掉那天。唯一說得出口的人生目標，就是希望在我死掉的時候，手裡能抓著一只空酒瓶。」詹姆斯也不是哲學家，但現在他所說的每一個字可是發自肺腑：「人生有個無論如何都會抵達的終點，讓我很安心地在路程中自我放棄啊。」

「現在呢？」老清潔工也很迷惘了。

詹姆斯聳聳肩，他不知道。

「……」

老清潔工之所以會安分守己地拖三十五年的地，就是因為有一天終究會死去。

人們常常戲稱：「永遠也不會改變的兩件事，就是繳稅與死亡。」

繳稅這件事其實相當不公平，因為富翁總是有千奇百怪的方法逃避納稅，而普通老百姓卻拿國稅局一點辦法也沒有。

但死亡就真的很公平了，人人免不了踏進棺材，當真是什麼也帶不走。

自人類尚未擁有文明之前，就有階級。

擁有文明後，階級差異就更劇烈，最簡單就是有錢跟沒錢。

錢也許買不到快樂，但卻可以買到很多可以讓人快樂的東西，窮人竭力抗拒這樣的事實，卻縮短不了彼此的差距，只好發明了很多自我安慰的說法。

例如文學家海明威曾不屑地說：「有錢人跟我們之間的差別，就是有錢人的錢比我們多。」言下之意，就是不覺得有錢有什麼了不起。

那些一輩子踩在平凡人頭頂上的所謂成功人士，一生的心血結晶在死亡發生的那一瞬間變得毫無價值，闔上眼睛，窮人富人一樣腐爛為塵土——這個誰也改變不了的事實不知安慰過多少平凡人、教導過多少平凡人心靈富足比金錢勢力更為重要、催眠過多少平凡人這樣的觀念：「那些有錢人也沒什麼了不起？到頭來都是一場空。」

現在？

死亡看起來依然很公平，但，好像也沒有那麼公平。

有錢有勢的人大概會很高興，原來死後還是可以享受生前掙來的一切。

對老清潔工這個再平凡不過的平凡人來說，他一向不畏懼死亡，也不是那麼在意死亡之後是不是另外有地方可去，例如天堂還是地獄之類的。

死亡人人皆不可免，這讓他一連拖了三十年的地都沒真正發過牢騷。

可現在？

詹姆斯看出老清潔工陷入了泥沼般的迷惘，便暫時不去理會他。

這份迷惘在兩個月前也曾襲擊過詹姆斯。

詹姆斯相信每一個死人遲早都會產生同樣的焦慮。最不可能成為哲學家的人都會被自身的窘境挾持，被迫思考這樣的問題——不過最後都只有放棄思考才能「假裝擺脫窘境」。

「無法安息的感覺，真的有那麼差勁嗎？」輪椅上的老人滿嘴的咖啡色，一副討人厭的置身事外：「嘿嘿，我倒是相當期待心臟停止的那一刻呢。」

詹姆斯隨口：「既然眼巴巴想死，為什麼不乾脆自殺呢？」

享受久違糖分的輪椅老人幽幽說道：「自殺的話，就進不了天堂了呢。」

詹姆斯終於噗哧笑了出來，起身，用力拍拍輪椅老人的肩膀。

「你瞧瞧我，瞧瞧他，天堂已經客滿了。」他認真地說。

「嘿嘿，就當作我還想享受一些活著的滋味吧。」輪椅老人依舊咧嘴笑道：「我看新聞報導說，你們死人霸佔了所有的優點，就是沒辦法吃喝拉撒睡，那我該怎麼做呢？我只好在心臟停止之前多幹這些以後幹不了的事啊。」

無法吃喝拉撒睡，是。

還有無法產生性慾。

這一點老人連提都沒提，顯然老人已經失去它很久了。

「老傢伙，你的作法是對的，現在能吃多少算多少。」

詹姆斯轉頭看著老清潔工，問道：「你明天還會來拖地嗎？」

「……」老清潔工再度陷入沉思。

過了很久，老清潔工緩緩地點頭。

「我已經習慣拖地了。如果不拖地的話，我怕我會瘋掉。」

「拖一百年的地才會瘋掉吧。」詹姆斯失笑。

「誰也不知道現在的情況會持續多久，也許明天我們就死了，也許後天。」

「也是。上帝在想什麼沒人清楚。」

詹姆斯想了想，提議：「也許我們可以結伴流浪。一個人實在非常無聊啊。」

「還是不了，還是不了。」老清潔工失落地拒絕。

詹姆斯走出了那間簡陋的公路餐廳，出去外面走一走，吹一吹感覺不到的風。

他打算啟程到下一個還沒決定的地方，但他暫時不打算離開。

明天跟後天，還有大後天，甚至下星期，他都打算在這附近閒晃。

有部日本電影的對白：「死亡的存在，讓人們思考生存的意義。」

真是放屁。

有了死亡，生存的方式有意義跟沒意義差別才不大咧。

反而綿綿無絕期的「活著」，更能逼迫人們認真思考生存的意義吧。

不管生存的意義是什麼，總之不會是拖地。

那個老清潔工始終會想通的，那個時候再一起流浪吧。

詹姆斯漫無目的地往前走。

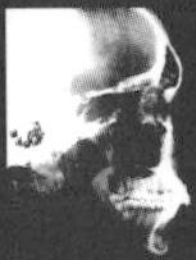

第三章

[第五號監獄裡的大洞]

一些人統治是由於他們願意統治；另一些人統治是因為他們不願意被人統治
——對於他們來說，統治不過是兩害中之輕者。
——尼采

1

加油聲、鼓譟聲、無法分類的吼叫聲，都傳不進波里斯基的耳朵裡。

比數，87:91。

剩下時間，十九秒七五。

球還在湖人隊手上，而對方還有十三秒的攻擊時間。

以上都不算是大問題，最讓人頭痛的是，此刻運球負責消耗時間的正是湖人隊的年度最有價值球員，科比布蘭特。

天才中的佼佼者，讓許多天才誤認為自己打球並無天分的頂級天才。

「……」布蘭特壓低身子，運球的節奏慢慢改變。

所剩時間，十七秒四。

波里斯基腦中一片空白，所有的注意力全灌注在布蘭特運球的聲音上。

無論如何，這自命不凡的傢伙是絕對不可能窩囊地把時間耗完的。

只要布蘭特決定落井下石，逆轉就一定有機會！

左切？右切？後仰跳投？

所剩時間，十五秒三。

「！」布蘭特的身影如箭射出。

波里斯基的左手像鞭子一樣甩了出去，球從布蘭特的手中斜斜後飛。

「上！」波里斯基大叫，往球墜落的方向衝去。

布蘭特邊追邊訝異。

……剛剛是怎麼回事，完全無法看出波里斯基抄截的任何預兆。

只見波里斯基一個人帶著球快衝籃下，布蘭特跟另一名球員從兩邊追上。

「別犯規！」湖人隊教練在場邊大叫。

波里斯基高高躍起，眼角餘光籠罩住左後方的布蘭特。

算了，還在安全差分裡……布蘭特努力克制住從後面冒險蓋火鍋的衝動，眼睜睜看著波里斯基在面前大跨步上籃——89:91。

時間凍結，最後十一秒二。

「MVP，怎麼變得這麼聽話？」波里斯基將發燙的球扔給邊線外的布蘭特。

「靠贏家施捨，輸家多灌進兩分沒什麼。」布蘭特淡淡將球傳給隊友。

倒數再度開始。

最後的決鬥了。

對湖人隊來說，這一場比賽過後，他們將把總冠軍戒指戴上。

對活塞隊來說，無論如何都要將下一場比賽帶回底特律，打第六場勝負！

「貼上去！貼上去！」活塞隊總教頭淒厲大叫。

十秒。

九秒。

八秒。

全場觀眾不約而同起立鼓掌。

波里斯基跟控衛同伴像三明治一樣，死命夾住持球的湖人隊控衛。

「把球拿穩！把球拿穩就好！」湖人隊總教練也跟著激動起來。

七秒。

六秒。

五秒。

上帝今晚沒有站在湖人隊的肩膀上。

四秒。

球被拍掉了。

「！」布蘭特閃電般追著無主的球。

三秒。

波里斯基左手架開布蘭特，右手將球抓住。

同時躍起。

一道黑，一道白。

半空中，兩個全聯盟最受矚目的頂級巨星身影相疊。

兩秒。

「休想得逞！」布蘭特的表情說明了一切。

「……」波里斯基露出詭異的笑。

球不在波里斯基的手上。

一秒。

——波里斯基，真不愧是號稱全聯盟「眼角餘光最廣的男人」。

站在三分線外的射手艾德，穩穩接到了從黑白對決中突圍而出的傳球。

零秒出手。

今晚手氣奇差、投七中零的艾德，零秒出手後自動停格在最後的姿勢。

全場鴉雀無聲。

隨著哨聲揚起的尾音，球在半空中劃出一道讓所有人十指遮臉的軌跡。

——凌厲地刷破網。

沒有延長賽，多出的是遠離洛杉磯的第六戰。或許還有第七戰，誰知道？

滿地的嘆息聲中，活塞隊全體隊員狠狠衝抱在一起。

波里斯基跟艾德被隊員簇擁著，被英雄式地亂七八糟推擠著。

「等等。」布蘭特推開現場記者的麥克風，面無表情地走向一片瘋狂的活塞隊。

他瞪著波里斯基。

波里斯基避開布蘭特眼神裡古怪的指控，淡淡笑道：「底特律見。」

「我說，你這個死人。」布蘭特瞪著波里斯基：「你在這裡打什麼球？」

布蘭特說這句話的時候，記者正好跟了上來。

波里斯基怔住了，活塞隊其他隊友也怔住了。

「我是死人？你憑什麼這麼說？」波里斯基嗤之以鼻，但表情已不對勁。

「就憑你一點汗也沒流。」布蘭特扠著腰。

布蘭特沒說的是，他沒辦法從波里斯基的眼睛裡看出任何動作的蛛絲馬跡，完完全全，一點跡象都無法掌握。那絕對不是活人的眼神——布蘭特很肯定。

麥克風神不知鬼不覺放在布蘭特的嘴角，攝影記者也早就跟上。球場上方的立體大螢幕將兩球星的對峙畫面放大，全場譁然。

「我沒流汗？」波里斯基冷笑，拍拍身上的汗水：「那這些是什麼？」

「少來，你一滴汗都沒流，那些是你隊友剛剛擁抱你、無意間擦在你身上的。」布蘭特越說越大聲：「還有，整場球打下來，大家都累到快走不動，你卻完全沒有喘氣，一點喘氣都沒有！你這不是死了，是什麼！」

「別輸了就找藉口，底特律見。」波里斯基也跟著大聲起來。

但波里斯基發現了，自己的隊友不約而同向後退了一步。兩步。

波里斯基一個人孤零零站在球場中央，接受全場觀眾嚴厲的注視。

布蘭特的眼神壓得他完全無法回應。

「為了證明你的清白，我們可以聽聽你的心跳聲嗎？」

問歸問，記者立刻將麥克風放在波里斯基的胸口上。

「……」波里斯基閉上眼睛。

終於到了這一刻了嗎？

從小就喜歡打籃球，自他學會自己綁鞋帶的那一天，波里斯基就到處在大街小巷裡尋找可以挑一下的對手，從這一條街尬到第十條街、第一百條街，很快就找不到旗鼓相當的對手。因為他誕生的國家，是德國，一個用腳追球的大國。

幸好在波里斯基逐漸露出疲態的時候，被來自美國的球探選中。

第一輪第十七順位。

遠從德國來到這個籃球聖地打球，已經五年。

三十二歲，很年輕，但以籃球的計算方式，熱力四射的巔峰期將慢慢遠離。

但波里斯基很快樂，這裡特變態，遍地都是超級又更超級的好手。

一不留神球就會被抄走。手張得不夠開就會被人輕鬆切過。跳得稍微低了些就準備被蓋火鍋。根本沒有碰到對方對方卻煞有其事地摔在地上、久久站不起來。衝進禁區動不動就有種撞牆自殺的錯覺——這些黑傢伙才不怕像他這樣的瘦白鬼的衝撞。

「太有趣了，不是嗎？」每天晚上波里斯基都帶著苦笑睡著。

到了第三年才開竅，波里斯基用自己的生存之道大展身手，抄截排名全聯盟第一，助攻全聯盟第三，得分全聯盟第十。兩度入選年度第一隊的控球後衛，連續兩年都帶領球隊殺進東區冠軍賽，可惜都以些微差距鎩羽而歸。

今年，他終於帶領活塞隊重返聯盟總冠軍賽。

但就在總冠軍賽的前一天，波里斯基的人生迅速快轉，直奔盡頭。

怎麼辦？不怎麼辦。

波里斯基一如往常穿上球衣，繫緊鞋帶，打了幾場好球。

他跟眼前這個質疑他、指控他的超級球星纏鬥得淋漓盡致，實在是……

果然也只有這個棋逢敵手的天才，可以在激烈的交手中發現他的異常。

沒有心跳聲。

麥克風並沒有傳來應有的怦怦跳動。

球場上方的大螢幕裡，波里斯基沉默闔眼的模樣說明了一切。

全場憤怒高漲，咆哮聲如空襲的砲彈全數引爆。

「沒收比賽！這場不算！」

「改判！改判！湖人隊勝利！」

「太噁心了，把這個擾亂比賽的活死人驅逐出場！」

「砍掉他的手！再砍掉他的頭！」

「他到底打了幾場死人球！立刻將他送去焚化爐！」

「燒死他！再燒死這個侮辱籃球的死人一次！」

「滾出去！這裡不歡迎死人！」

無數沒喝完的可樂、啤酒、爆米花、熱狗統統往球場中間砸落，丟得全體活塞隊球員一身狼狽。波里斯基一個人站在湯汁淋漓的垃圾堆中，全身都掛了彩。

「……」他落寞地看著與他一路並肩作戰的隊友。

那些被觀眾砸了滿頭包的隊友卻投以憤怒、不諒解、憎恨的眼神。

還是不行嗎？

布蘭特原本怒氣沖沖的眼神，已變成高高在上的冷淡。

92:91的比分高高懸在記分板上。

幾個裁判聚在一起討論這場比賽的結果該怎麼算。

美國通過「活死人和平法」已經五年了。

全世界各地對活死人的安置與管理，也都陸陸續續通過相關的法案，活死人有自己適用的罪責，通常較活人嚴苛許多。有的國家允許活死人繼續擁有生前的所有財產、工作機會、婚姻關係等。有的國家則強制活死人居住在條件惡劣的限制區。有的國家甚至採取「強制灰飛煙滅」的終極作法——在美國的少數幾個州，也有類似的規定。

國情不同，文化差異，對活死人的觀感與意見出現重大分歧實在不奇怪。

但少數的共識裡，所有人都同意，死人不能跟活人共同競技運動，因為死人不會累，更不需要呼吸，可以完全不換氣在水裡衝完四百公尺自由式、滿不在乎節奏地跑上八百公尺，

20080630

甚至一鼓作氣飆完全程馬拉松。

當然，也包括完全不怕受傷地在籃球場上衝撞。

對活人來說，死人在運動場上的存在是最大的野蠻。

不知是哪個機靈的記者將麥克風扔在波里斯基的臉上，他本能地接住。

全場觀眾漸漸安靜下來，忿忿不平等待這個假裝還活著的死人做出解釋。

「我……」波里斯基拿著麥克風。

有生以來，他想哭卻哭不出來。

波里斯基看著布蘭特，這個可敬可畏的對手。

終有一天，這個對手一定會明白自己將要說的話。

「就算死了，我也想打籃球。」

這句話講完，全場爆出如雷的咒罵聲，沒有在場的人絕對想像不到人類的語言可以如此千變萬化。

亂七八糟的東西繼續砸在波里斯基的臉上，但說完了這句話的他並沒有低頭，只是睜大眼睛記錄下他在球場的最後畫面。

此時比分重新調整，大大的記分板上顯示「44:91」。

活塞隊減去的一大缸分數，正好是波里斯基今晚的總得分二十八分，加上他助攻給隊友所產生的二十分效益——這二十分當然也不能作數。

「總冠軍揭曉！洛杉磯湖人隊！」

史戴波中心球場上方爆出銀色火樹，鮮黃色的彩帶淹沒了觀眾席，一路噴撒向球場中央。

巨大的立體螢幕耀眼出總冠軍獎盃的圖樣，環場喇叭隆隆地播出勝利的號聲。

穿著爆乳裝的美女啦啦隊有點摸不著頭緒地被管理人員推向球場，匆匆忙忙熱舞上一段。

但沒有人歡呼，沒人喝采。

就連理所當然的MVP布蘭特同樣一點喜悅都沒有。

再怎麼渴望勝利，沒有人期待總冠軍賽的龍爭虎鬥是用這種方式落幕。

波里斯基成了搞砸一年一度總冠軍賽的罪人。

幾個身材高大的警衛手持木棍走了過來，將死去多日的波里斯基團團圍住。

「對不起，我搞砸了。」波里斯基被戴上手銬的時候，看著他的隊友。

教練啐了一口痰在波里斯基的臉上。

什麼也沒說，也一次說了很多。

2

殺雞儆猴。

波里斯基被重判了二十年，送往專門監禁活死人的第五號監獄。

普通的監獄關不住活死人，這裡的監禁設施彷彿是粗糙科幻小說的再現。或者應該反過來說，電影裡發生的一切終於有機會應用到現實世界。

在第五號監獄裡，不論男女，每個活死人都戴著特製合金頸圈。

如果想藉外力硬拔下來就會爆炸。

想用雷射硬切下來也會爆炸。

沒有合法解除頸圈信號就擅自離開監獄的話，只要超過獄方發送的信號範圍，頸圈還是會爆炸。

就如同每一部科幻電影裡看到的一樣，頸圈上忽明忽暗的紅色閃燈不斷提醒囚犯他們的處境。

除了高科技，一直都沒有進步的低科技也很嚇人。

監獄外有一道兩百萬伏特的超高電流網，如果想硬闖出去，即使是死人也只有被電成焦炭的份。電流網外是一大片草地，草地裡埋了密密麻麻的小型地雷，以機率計算，一百個死人硬衝出去，一百個都會被炸上半空。

如果越獄成功卻變成一塊焦炭還是一大堆屍塊，死不了也沒意思。

波里斯基一進去，遠遠就聽見掌聲。

不管男的女的都對著波里斯基吹口哨、拍手叫好。

雖然早就知道，但波里斯基在這裡看到男女囚犯雜處的盛況，還是讓他覺得怪怪的。縱使死人早已沒有性方面的功能，但男的、女的，只因為死了就統統關在一起，這種監禁的邏輯還是相當詭異。

「原來是大名鼎鼎的波里斯基啊！」活死人囚犯看見他，可是相當開心。

「你這個擾亂活人NBA的狠角色，哈哈哈哈！」一群死人勾肩搭背大吼。

「別想太多，這裡歡迎你。」一個年邁的死人囚犯拍拍他的肩膀。

波里斯基摸著自己的頸圈苦笑。至少這裡沒有歧視，他想。

「大明星，別緊張，我帶你認識一下環境。」

一個頸子也戴著項圈的「獄卒」吹著口哨，帶著波里斯基在監獄裡到處逛逛。

波里斯基所到之處，都聽得見喝采跟掌聲。

獄卒指著遠處一間白色圓頂大房子，說：「雖然我們死人不用吃喝，第五號監獄裡還是有間餐廳讓大家聊天打屁。不然悶都悶死了。」

「也是。」波里斯基點點頭，有點神經緊繃似地東看西看。

「就說別緊張了，比起活人的監獄，在這裡沒有菸、毒品、酒的私下交易，也沒有雞姦那種泯滅自尊的事，他媽的完全沒必要。反而有電視，有網路，有圖書館，有彈子房，有籃球場，基本上大家想做什麼就做什麼，就是不能走出這裡。被判了幾百年都一樣。」

「這麼自由？」

「大明星，我們說的可是幾百年啊。」獄卒聳聳肩說：「像我，就無聊到自動自發擔任獄卒的工作。其實在這裡活人幾乎不管我們死人，他們只在乎兩件事，其餘全靠我們自己管理自己。」

「哪兩件事？」

「第一，不可以出去。第二，洞有沒有照挖照填。」

洞？波里斯基摸不著頭緒。

「那，這裡有幫派嗎？有……階級嗎？」

「廢話，很多事人死了也不會有什麼改變，不過不要太白目的話，日子一天過一天什麼事也不會有。我們這些囚犯彼此鬥毆、毀壞對方屍體的情況屢見不鮮吶，就是沒有人負責維持正義。要這一群睡不著覺的死人完全不犯事是不可能的，如果有人太白目，被搞到『組合不起來』也是無可奈何的事。」

「怎樣才算白目？」波里斯基突然覺得自己的明星身分可能太刺眼。

「別想太多啊，這裡基本上很和氣的，大家要相處多久誰也說不準，沒有人想孤僻地待在這裡。你是大明星，一定有很多人想聽你說故事，想跟你打一場球的死人也一定很多啊。」獄卒咧嘴笑了笑。

兩個死人走著走著，來到有一個足球場那麼大的集合場。

大集合場中央，有一個怵目驚心的超級大洞，旁邊則是一大堆黑土跟石塊。

「這是幹嘛？囚犯的勞務嗎？」波里斯基不解，這是剛剛所說的「洞」了吧。

「這是活人那邊的要求，如果沒照辦的話就麻煩了。」獄卒踢著碎石。

「？」

「單月份所有囚犯都得把袖子捲起來、下去挖洞，挖到幾乎看到地獄為止。」

「為什麼？」

「雙月份大家就得齊心合力將大洞旁邊的土往裡面扔，直到大洞完全填平。」

波里斯基相當詫異：「那不就什麼意義也沒有嗎？」

獄卒沒否認：「反正我們死後追求什麼都很空虛，就跟這挖洞填洞一樣。」

「……」

「反正，大家挖洞你就下去挖，大家填洞你就下去填，別偷懶，否則會招人討厭的。不挖洞不填洞的時候你愛做什麼都可以，沒人會費事管你。」

「是。」

波里斯基心想，很多死人都被判了很重的刑期，綿綿無期的上百年，光是囚禁好像會鬪出問題。那些活人如果不想一點事給死人做，可以想像他們寢食難安的模樣。

獄卒又帶著波里斯基參觀了一些簡單的娛樂設施，跟沒有人躺在裡頭睡覺的牢房——牢房也不過是讓大家躺著聊天打屁的另一個公共場所罷了。

澡堂也有，事實上很多囚犯都滿愛洗澡的，常常一洗就是兩、三個鐘頭。

一方面不洗澡的話就更難打發時間，另一方面，這身臭皮囊還要跟自己共處無限長，將自己的屍體洗得乾乾淨淨是基本的投資與保養，不吃虧的。

「這裡好像還不壞？」波里斯基的心情好多了。

「世界很大……監獄，畢竟是監獄。」獄卒可不這麼認為。

走著走著，波里斯基遠遠聽見運球的聲音。

咚咯咯——依稀是籃球彈出籃框。

熟悉的感覺在沒有感覺的指尖上躍動著，波里斯基情不自禁搓著手。

「去吧。」獄卒笑了，他當然也想看波里斯基打一場球。

「希望能遇到高手啊。」波里斯基蹲下繫緊鞋帶。

3

雖然是理所當然的室外，但這專關死人的監獄裡竟然有個標準大小的籃球場，讓正在運球的波里斯基驚喜不已。

剛剛一個小時裡，波里斯基已經用各種方式獨得了四十五分。不過他也很懂打球的最高樂趣——在場的每個隊友都要有所發揮，所以波里斯基也遞出去十五次漂亮的助攻，甚至還很克制抄截對手的球，顧及到了對手也需要快樂。

「注意注意，要來囉。」波里斯基壓低身子，球從左手換到右手。

「別太囂張啊，管你是不是職業的！」防守的黃種死人拼命撐開雙手。

波里斯基一晃。

死人不眨眼，但還是看不清波里斯基像一把刀子一樣的切入。

「！」

波里斯基在半空中晃過一個不成氣候的防守，漂亮的將球高拋進網！

這可不是仗著身材優勢與跳躍力的強行灌籃，而是令人嘆服的美技。

波里斯基跟著球一起落下，笑笑高舉雙手。

這一下不只是隊友，連敵隊的球員也忍不住鼓掌叫好。

「幫敵隊鼓掌?不想贏了嗎，換手。」

一個高大的黑色老傢伙站在場邊發號施令，任性地想半途加入。

但此人一說，還真的有一個人自動下場，換那個身材高大的老黑人進局。

乖乖不得了了，他還沒拿到球就惹得滿場鼓譟，氣氛沸騰到了頂點。

「注意注意!尤恩要跟波里斯基對上啦!」

「兩大巨星的對決，馬上就要在第五號監獄上演!」

「就連活人都想看到的對決啊!不售票演出的跨世紀大廝殺啊!」

波里斯基一愣。

對啊，這個老態龍鍾的高大黑人，就是自己從小看到大的 NBA 球星。

「前」紐約尼克隊的王牌中鋒——派崔克．尤恩。

沒想到會在這種鬼地方遇到這個，上一個世紀的籃球傳奇啊。

無所事事是死人一大特色，幾百個死人聞風而至，興高采烈跑過來圍著。

波里斯基熱血上湧，直接將球丟了過去。

「波里斯基啊，從你被判刑上新聞的那天，我就祈禱你被送來這裡。」

尤恩向籃球吹了一口氣：「你該知道，我在這裡找不到對手啊。」

「尤恩，你看起來……」波里斯基嘴角輕挑，故意說：「好老。」

「我死了的那一天，你不曉得我有多高興。」尤恩嘿嘿嘿笑著，運著球說：「很多人只會嚷嚷，什麼俠客歐尼爾是NBA有史以來最厲害的中鋒，是嗎？是嗎？等到他死了，我們兩個死中鋒就來公平地單挑一場！」

「單挑是可以，但兩個中鋒單挑，一定很難看啊。」波里斯基抖弄眉毛。

此話一出，全場的氣氛更加熱烈火爆了。

場上其他的八個人都識相地讓開空間，讓圍觀的死人們將這兩個巨星瞧仔細。

「你說什麼？」尤恩瞪著這個矮他一個頭不止的年輕後衛。

「兩個大塊頭擠在籃底下撞來撞去，有什麼好看？」

「臭小子，中鋒可以主宰比賽！」

「是嗎？你真的死太久了——」

波里斯基這句話還沒說完，尤恩手中的球就換了主人。

「臭小子！」尤恩快步狂追。

「偉大的中鋒，有本事就跟上吧！」波里斯基大跨步上籃。

波里斯基高高躍起。

正當他想輕鬆寫意地將球放進籃框時，波里斯基的眼角餘光出現一道黑影。

「……」

球在剛剛離手的瞬間，竟被一隻後發先至的巨掌給搧到場外！

波里斯基重心不穩摔在地上，下意識翻了一個滾，抱著膝蓋表情疼痛。

兩秒過去，抱著膝蓋的波里斯基怔住，然後大笑。全場也跟著大笑。

「裝什麼，這裡沒有裁判。」一臉老態的尤恩得意洋洋地伸出手。

「有中鋒跑這麼快的嗎？」還坐在地上的波里斯基難以置信地伸出手。

尤恩哈哈一笑，握住這個小朋友的手，將他拉起。

「歡迎來到我的巔峰年代。」

4

在第五號監獄已經待了七個月。

不挖洞也不填洞的時候，波里斯基的身影常常出現在籃球場上。

他從來沒有跟尤恩同一隊過，那會使比賽變得很沒看頭。

這兩個巨星讓監獄裡的籃球人口暴增，許多死人都在他們的調教下變得挺會打的，加上原本就有一些死人曾經打過高中校隊、大學校隊候補，甚至曾參加過NBA的耐吉夏季訓練營，仔細算起來好手還不算少。

最後大家還組了十支球隊，有模有樣地打起了季賽。

就算死、也想打籃球的波里斯基很快樂，尤其他在這裡發現一個從沒打過任何校隊的控球高手，偶爾一不留神，波里斯基這個NBA最佳控衛的球還會被他給抄走。有競爭才會好玩，波里斯基面對這個街頭籃球的好手時每每全力以赴。

這個默默無聞的控球高手左邊太陽穴破了一個小洞，右邊腦袋破了一個大洞，用粗糙的手法填補起來。他叫喬伊，慢慢跟波里斯基成了好友。

又到了挖洞的月份。

今天是個陰天，早上已經下過一陣子雨，土壤有些鬆軟。

「我聽他們說，你被重判了一百五十年。」波里斯基鏟著土。

「是啊，你擾亂比賽就被判了二十年，何況是我。」喬伊同樣揮動著鏟子。

「有故事聽嗎？」波里斯基笑笑。

「不講故事的話，怎麼打發時間？」喬伊慢吞吞地鏟土，像是說了很多遍一樣熟練：「這真的很不公平，法律一面倒保障活人。我的妹妹被三個流氓給強姦了，那三個人渣還當著她的面一邊開香檳、一邊朝我的腦袋開了一槍。我當然死了，他們也知道我肯定會馬上『活』過來，於是哈哈大笑把我綁在沙發上，逼復活的我看他們污辱我妹妹一整晚。」

「結果？」

「結果隔天早上我那驚魂未定的妹妹將我鬆綁後，我沒有報警處理，而是騎著摩托車在附近一帶的酒吧亂逛，直到黃昏終於讓我在一間俱樂部找到剛剛睡醒的那些混帳。我躲在廁所，趁他們一個一個進去大便的時候，用斧頭將他們的腦袋一顆一顆砍下來。」

「做得很好啊。」波里斯基豎起大拇指。

「可不是，我從來沒有後悔砍下他們的腦袋。但問題就出在順序——他們先殺死了我，我再跟著殺死他們，所以我們所違反的法律大不相同。他們違反的是強姦罪跟殺人罪，理應被處以十五到二十年的徒刑，但由於我宰掉他們的時候是個死人，所以我違反的卻是『活死人和平法』，按照法律我每殺掉一個活人至少要判五十年，殺三個就是一百五十年。」喬伊若無其事地鏟著土，說：「要不是法官念我其情可憫，殺一個活人最高可以判一百年，三個就是三百。」

「這真是太不合理了。」

「誰還管你公不公平，那三個人渣被送到第七號監獄，算一算，再過十年他們就出獄了，我還得在這裡繼續蹲一百三十年……我只希望我妹妹永遠別再遇到他們。」喬伊將鏟子插在土裡，用腳重重踏了一下。

一點也不累，但往事重提，就算是死了也有很多惆悵。

法律最可以看出一個社會的不公之處。

人一死，很多感覺都會無影無蹤。

無飢無渴、千杯不醉、無力性交、冷熱無感、哭或笑都流不出眼淚。

從前幾千年，努力滿足這些感覺是人類生存的目的、各層次經濟體系交互作用的基礎，也是人類文明之所以不斷進步的強大動力。

「感覺」的重要性，在死人爆大量出現後更被凸顯。

雖然還沒有得到「驗證」，但人死後似乎有無限期的時間需要打發，比起來，還活著的人可以感受那些豐富滋味的時間，就顯得微不足道。

為了避免死人危害到活人珍貴的「感受權」，死人攻擊活人的罰則，要比活人攻擊活人還要重，而且重很多——理由是，活人認為死人仗著自己的不死狀態可以作奸犯科的事太多了，如果沒有用重典，根本不足以威嚇死人。

這個法權不平等的現象不僅出現在美國的「活死人和平法」的法規裡，同樣的概念也被其他國家仿效。活人殘暴死人，雖然不再適用「毀損他人屍體」這麼輕的罪，但基本上都不會被嚴懲。反過來，若是死人侵犯到活人的領域，下場都特別悽慘。

在許多集權國家為了控制人口，雷厲風行地實施「強制灰飛煙滅法」。如果死人犯下重傷害活人以上的罪，不問理由，一律送往焚化爐燒屍，確確實實燒到灰飛煙滅為止。沒有人知道，當一個死人灰飛煙滅之後還有沒有意識，因為沒有人從單薄的骨灰裡聽見聲音——

有人說，灰飛煙滅後靈魂才能得到真正的安息。

但更多人相信，變成一堆無口難言的骨灰絕對比行屍走肉的狀態要難過百倍。

5

還是下雨了。

沒有人會冷，於是大家一起坐在大洞裡聊天殺時間。

一個少了半顆腦袋的活死人扛著鏟子，看著這個反覆挖來填去的大洞，說：「現在活人還是佔多數，法律還是他們說了算。可他們沒想過，這個世界上每秒就有一點八個人死亡，所以每秒就有一點八個人死而復生。平均下來一年總共有五千六百多萬個被天堂拒收的活死人。現在看起來上帝還沒有停止惡搞的意思，從賽門布拉克那第一個活死人開始，五年多過去了，全世界已經有兩億七千多萬個死人，也許還更多，燒也燒不完的。」

「已經有兩億這麼多了嗎？中國那邊不是據說每年都要燒死至少一千萬？」

「印度據說燒更多。」

「別看那些極權國家，就連我們美國也燒了不少。」

「除了政府，其實那些變態的邪教私底下也燒很多，我遇過一次，這隻手就是被那些宗教狂熱份子給砍掉的。要不是我拼命掙扎殺了兩個像瘋子一樣的女人逃走，我早就被燒成灰了。不過我也就因為殺人被送到這裡來……他媽的。」

「邪教就算了，那些乇還沒長齊的小混混也把我們死人當靶子打。」

「你說的是惡靈古堡幫嗎？光聽名字就知道有多幼稚。他們會一邊大喊將死人統統送回地獄，一邊拿卡賓槍轟掉抱頭鼠竄的死人腦袋，超噁心的，我看網路說，他們有時候會靠關係封掉兩、三條街，然後在裡面獵殺死人，就地澆汽油燒屍……真希望他們自己在嗝屁後也會遇到自己同伴的追殺。」

「說起來真不好意思，我以前就是惡靈古堡幫的，哈哈，被送來這裡就是我的下場，對你們來說應該就是正義了吧哈哈哈哈哈哈！」

大家七嘴八舌地討論死人在這個世界的處境。

有時一起咒罵，有時哈哈大笑。

認真說起來，這裡可是監獄，不可能每個人都是無辜或因為一點雞巴毛大的事被送進來的，當然也有一大堆貨真價實的惡棍。只不過大家的共同身分都是死人，共處無期，這點讓大家的氣氛始終很融洽。

雨持續下到半夜，大家也就坐在雨裡聊到半夜。

波里斯基看著大洞底下的積水，心想，統統都只有死人的地方，原來還挺有歸屬感的。

如果這個世界的人都一起死了，也不是什麼壞事。

尤恩用手彈了彈生鏽的鐵鏟片，發出噹噹噹響：「若不是那些活人遲早也會變成我們死人，我們所受到的待遇會更慘。」

「可不是？這就是整件事最弔詭的地方了。」一個看起來很有學問的胖女人說：「他們總有一天一定會變成我們，所以不敢對我們什麼都硬來，就像他們囚禁我們幾百年，也不敢真的逼我們太甚，胡說八道叫我們費功夫挖洞填洞、玩玩我們也就是了。但我們卻永遠也活不回去——這意味著什麼？他們一定會變成我們，我們卻永遠不再會是他們。」

「但我們曾經都是他們，就像蝴蝶都當過毛毛蟲一樣。」喬伊點頭同意。

「嘿，那些活人絕對不會認同你用毛毛蟲跟蝴蝶這段比喻的。」波里斯基笑了。

大家也都笑了。

「出去這裡以後，你們要做什麼？」不知道是誰問了這麼一句。

「我想參加死人國的武力建國計畫，也許投入戰爭也說不定。」

「我也想加入死人國的戰鬥部隊，建立一個屬於我們自己的國家。」

「如果你們真的建立了死人國，我一定會去報到的。不過打仗我沒膽子。」

「我倒是希望外面那些為死人國奔波的傢伙動作能快點，積極點，不要等我們出去加入他們的建國戰爭，而是早就建好了等我們過去。」

「我想找一份不會被歧視的工作，打打雜什麼的都好。我以前是寫電腦程式的，但等到出去的時候已經過了半個世紀，技術上肯定被淘汰了。」

「醒醒，不可能那麼好找工作的，現在所有人都死不了，人越來越多，活人一定會拼命保護他們自己的工作機會的。好吧，他們也是對的，我們不必吃喝，但他們還要啊，所以立法保障他們掙錢的工作權也是合理的，只是讓我們整天犯無聊罷了。」

「聽好！聽好了！我想辦一間只收死人的學校，讓那些死掉的小朋友不必跟那些活人小朋友一起上課，白白遭到歧視。到時候我會發起募款，你們可要慷慨解囊啊。」

「呸呸呸！聽說你這個臭死人被判了兩百年，我看用不著等你出獄啊！現在還在外面的那些越來越多的死人自然會把學校弄起來，還等你的鴻圖大志？」

「我的話……先回家看看吧，看看還有哪些家人也死掉了，大家聚一聚。」

「我出去已經是八十年後的事囉，我的家族肯定擴充到上百人了，到時候來張家族大合照，一定相當有看頭。」

「被扔進這個鬼地方前，我有一小筆錢存在銀行裡，放著不動讓複利一直滾啊滾，算一算，等九十七年後我出獄，那筆存款應該滾到了八千多萬啦，到時候我會想辦法把它爽快花掉的，呵呵呵呵。」

「你這傢伙好像不曉得通貨膨脹是什麼意思吧？」

一個世紀以前的人類，絕對想像不到所謂的生涯規劃會變得這麼「有意義」。

大家嘻嘻笑笑討論著七、八十年，甚至兩百年之後要做的事的模樣，實在是太荒唐了。只是不這麼嘻嘻笑笑的話，一定會崩潰的。

淋著雨發呆的波里斯基看著星星。

出去這裡之後，想做什麼？
還要十九年又五個月的時間，這樣的刑期在這裡算是雞毛蒜皮。
但已長到波里斯基無法想像了。

6

又過了五年，世界變化很大。

由於對死亡已無所畏懼，自殺率節節升高，不知不覺這個世界已經有約莫十億個死人在地球上走來走去。這不吃不喝的十億死人，漸漸驗證了拿破崙說過的那句話：「正義站在大砲多的那一方。」

世界各地都有死人對政府發動大規模抗爭，要求將該國某一部分獨立出來，劃作死人自治區，或乾脆一點成立死人共和國之類的。

主權這種事很敏感的，活人怎麼可能妥協？

參與抗爭的死人們被大量逮捕，有的送去燒，有的送去關，世界各地都忙著建造社區焚化爐跟新式監獄，但都遠遠趕不上死人增加的速度。

死人越多，膽子就越大，他們用數量蠶食著支配這個世界的權力。

街頭抗爭很快就演變成零星的真正戰爭。

大多數的戰爭都由活人取得壓倒性的勝利，死人被像手指捻螞蟻一樣被幹掉。關鍵就是死人並未取得優勢武力，活人仗著高高在上的現代兵器，將不痛不癢的屍體部隊打到完全沒有回復的可能，再投下幾顆燒夷彈一次清個乾淨。

不過也有死人靠著前仆後繼的「反正不可能更壞」的精神打贏了戰爭，在資源匱乏的貧瘠地帶成立了自己的小國，收容從各地前來投靠的死人。但那些活人政府懶得打贏要回來的死人國都不值得一提，畢竟他們的根據地都是在一些鳥不生蛋的偏遠區域。

這五年來最值得死人們朗聲歌頌的，就是關島獨立事件了。

□

據說事情是這樣的。

負責駐防在關島的美軍總司令，有一天晚上心臟病發作來不及吃藥便翹毛了。

他年事已高，早就考慮到這一天來了會發生什麼事——首先，他會被撤職，總司令轉交給一個年輕有為的活人上將去當，而他則在「活死人和平法」的規範下告老還鄉，除了退休金如何支配外其他的權力統統喪失，變成完全的活死人平民，他媽的還沒有投票權。

於是心跳停止的總司令很快執行起想像已久的計畫。

首先，他叫傳令兵進來，再一槍打死傳令兵。

等傳令兵大夢初醒復活後，總司令再快速曉以大義。

「聽著彼得，我要在這裡成立第一個屬於活死人的國家，成立之後我就是國父，如果你幫我做好這件事，將來這裡就會有一間以你命名的高中。」

總司令拍拍彼得的肩膀，露出慈父般的微笑。

死了便死了的彼得有什麼辦法？他甚至連困惑的時間都沒有。

「這……不會有事吧？」彼得不安地看著胸口的槍傷。

「該怎麼說呢？我們畢竟已經死了。」總司令摸摸他的頭。

彼得換了一件乾淨的軍服後，就著手進行總司令的革命計畫。

首先，他先將友好的幾個同袍給殺掉，讓同樣立場的死人變多，再聯手將一桶生化毒氣滾進總司令部軍營裡的中央空調系統，趁著大家熟睡時一口氣殺死呼呼大睡的兩百多人。

「他媽的我竟然就這樣死了！我真的就這樣死了嗎……」

「混帳，我才二十一歲啊！我打的砲根本就不夠啊！」

「誰幹的……出來！我要宰了他！宰了他！」

那些因為吸入毒氣、窒息而死的美國大兵們在寢室裡演出大暴動，最後被一連串的槍聲給壓制下來。

始作俑者的彼得一臉抱歉地站在寢室門口，與一堆持槍戒備的活死人夥伴宣佈：「想宰了我……真抱歉，恐怕無法讓你如願了。」

在總司令親自演講後，這兩百多個死人在沒有選擇的情況下，拿著總司令的緊急命令分批進入其他的軍營，重複著施放生化毒氣這一個賤招，讓死人很有效率地變多。

這一場寧靜的革命順利地進行著。

一直到隔天中午越來越龐大的死人軍團，才與突然警覺的活人軍隊發生了戰爭。但為時已晚，總司令有計畫奪取了主力軍艦的掌控權，死人佔據了優勢武力，在毫不畏懼「同歸於盡」的氣魄下，十幾枚搭載生化毒氣的飛彈將抵抗的活人軍艦一一炸沉，烈焰沖天，馬上又獲得新的夥伴加入——這真是一場不公平的戰爭。

跟戰爭扯上關係的人總是倒楣的，關島上的住民全部遭受池魚之殃。

在生化毒氣的蔓延下，就在同一天，太陽都還沒落下，整個關島已活人絕跡。

遠在天邊的關島宣佈成立「關島解放死人共和國」，並擁有全世界軍力最強大的死人兵團——關島成為第一個從偉大美國領土中獨立出來的國家。

從此關島成為大量死人不斷移民的根據地，明目張膽地支援著世界各地的死人獨立運動。

關島，也成了新的「恐怖主義」的代名詞。

7

在監獄裡匆匆晃過了十年。

外面的世界發生了上百次戰爭，獨立出了二十多個死人國。

原本的宗教已經不敷使用，跑出幾百個令人目不暇給的新興宗教。

但還是沒有人能從真正科學的角度，研究出為什麼地球上每一種動物都維持著生老病死的旅程——獨獨人類死不瞑目，用各種狀態苟延殘喘著。

十年可不短。

漫長時光中，波里斯基沒辦法整天打籃球、挖洞填洞。

跟其他死人一樣，波里斯基迷上了閱讀。

打發上百年的時間並不容易，一定得嘗試新鮮事物，許多當年錯過好好上學的死人囚犯們都因為「真的是太無聊了」，在看遍了許多電影跟電視劇影帶後，大家持續將圖書館裡的庫存小說翻爛，情不自禁地有了點活著的時候缺乏的人文氣質。

「尤恩，你出去後想幹嘛？」波里斯基在圖書館的頂樓翻著小說。

「打籃球。」尤恩翻著過期很久了的漫畫雜誌。

「怎麼打？組一個死人聯盟嗎？」波里斯基漫不經心地對話。

「據說巴克利因為一些雞巴毛的事被關在第九號監獄，被判了十五年，比你還輕。算一算再五年他就出獄了。我想他會想辦法的。」尤恩也是隨口而答。

「喬丹呢？有消息說他終於死了嗎？」

波里斯基最近沒看網路跟報紙，都在看小說跟雜文。

「他養生有道啊，看來還得過很長一段日子才會死。」尤恩的視線離開漫畫，似笑非笑地看著天空，說：「而且就算他死了，那些盲目的活人也只能說喬丹終於昇華成籃球之神啊。即便喬丹犯了事，也不可能像我們這樣被關在這種地方。」

「是嗎？那他還是早一點死好了，如果要籌組死人籃球聯盟，由喬丹登高一呼是最有效的了。一枚冠軍戒指都沒有的巴克利差遠了。」

波里斯基起身，裝模作樣地做著一點也不必要的暖身運動。

「你呢？出去後除了打籃球外，要做什麼？」尤恩看著波里斯基蒼白的背。

「學中文吧？然後學日文，也許再學一點法文吧。時間那麼多，試試看自己以前從來都沒想過的事，不然怎麼打發時間？」

「是嗎，我就只想著打籃球。」

「那是你劃地自限。」

迎著陽光，波里斯基踏在頂樓的矮牆上，看著大集合場上反反覆覆的大洞。

很好笑的是，這些對話每個月總會固定發生好幾次，每個死人都很喜歡問，也都很熱衷回答，只是他們每次給出的答案也不見得相同。

8

下午，獄方邀請一個死人作家來到監獄演講，推薦他非常暢銷的旅遊雜記書《去你媽的無盡永生》。由於大家都很無聊，自然將演講會場塞得水洩不通。

「大家好，我叫詹姆斯．多納特，跟你們一樣，已經死去多日了。」

死人作家這番言簡意賅的開場白，引起了熱烈的掌聲。

說起來那個死人作家也是個奇葩，他曾經是一個居無定所、整日買醉的流浪漢，自稱自己就是殺死第一個活死人，賽門布拉克的兇手。

那個流浪漢兇手被逮捕後，意外被查出來多年前犯下的其他命案，遭法院判了死刑。當然了，他被處以毒針死刑，死掉後又迅速復活，是最早期的幾百個死人之一。

復活後他漫無目的地在美國境內到處旅行，尋找他虛無縹緲的「人生目的」。

最後這個流浪漢由於實在窮極無聊，便像許多死人一樣大量閱讀。大量閱讀後大概得到了一些啟發，便開始動手寫作，將他的所見所聞寫下來。

他的暢銷書說出了很多死人的心聲，其中有一大段話尤其發人深省。

那個死人作家用很痛苦的語氣說：「不過在短短的十五年前，常常有人覺得死前那一瞬間是快樂的，這輩子就算是平反了。但很抱歉，沒有那種時刻了。沒有死亡——那似乎是真正的公平，你就是徹底輸了，而且輸到沒有盡頭！

「以前那種追求精神層面快樂的說法，我想，只是懶惰的人說服自己的藉口。所以很多人都不認真工作，懶懶散散打發自己的人生，反正時間到了就會死掉，努力有什麼用呢？不會有用的，亂七八糟地賴活著等待斷氣，反而更加划算。

「但其實馬馬虎虎對待自己人生的態度，跟追求精神層面的快樂一點關係都沒有，活著的時候我流浪天涯，不是因為追求自由，而是我沒有本事安定下來。

「有一陣子我在想，是否永生不死是上帝用來解決人類懶惰的極端武器？是不是上帝要我們在活著的時候就要把握每一分每一秒，努力追求各種值得被追求的物質，因為所有的物質都是可以永恆積累的，所有的追求都是有意義的？

「不，我想不是的。

「現在，什麼人都死不了。表面上，永生的狀態對那些努力追求物質人生的人太有利了，他們可以繼續享受他們在活著的時候所得到的一切東西，一丁點渣渣都不會失去。可是呢，上帝沒有為我們保留吃喝與性交的權利，顯然不認為物質與肉體的享樂特別重要，那些有錢人在死後不過是繼續住在他們努力掙來的華麗大房子裡，其他呢？

「但上帝要我們繼續看這個世界，繼續聽這個世界，繼續思考這個世界，為什麼？是不是看穿了我們在有限的人生裡並無法做好這些事，才給了我們更多的時間？這一場看似胡搞的集體永生，我想，是上帝要我們重新思考存在的意義。」

正當死人作家想下台一鞠躬的時候，波里斯基在底下舉手。

波里斯基大聲問道：「那麼，能否請問存在的意義究竟是什麼？」

死人作家想了想，很乾脆地承認：

「至於答案，我還沒有發現，我只能用刪去法去尋求解答。」

頓了頓，他又註解：

「也許可以找到，也許不行……無論如何我得繼續旅行下去。」

演講正式結束，死氣沉沉的掌聲響起。

明天起是雙月份，又輪到把洞填起來了。

第四章

[去你的我媽是琳賽汪達]

上帝到哪兒去了？我告訴你們。我們殺死了祂。
——尼采《歡悅的智慧》

DIE HARDER

1

「天堂已滿，地獄不收。」

這一句話怵目驚心地貼在這城市每一根電線桿上。

「告訴你！從二十年以前銀座地區這七條街就是我們山荒組的地盤！」

「小朋友，歷史不是這麼算的，歷史得從我們惡鬼組成立那一天開始算。」

「你這個油頭粉面的傢伙，講不講道理！」

「呿，告訴你我們背後還有血山組撐著，人多就是道理！槍多就是道理！」

「比人多，比槍多！我們荒山組也不見得怕了你！亮槍！」

看了看錶，山荒組跟惡鬼組在集町商社裡，已經談判了快半個小時。

拍桌子，大吼大叫，亮出腰際的槍，將藍波刀插在桌上，全部都在虛張聲勢……他們身上攜帶的武器全都殺不死對方，因為大家早就都死了。

雖然日本已經獨立出兩個死人國，但東京還是活人的地盤，可是由活人組成的幫派，在東京照樣無法生存，連基本的械鬥都撐不過五分鐘就全滅。死的流氓就吃香多了，一般老百姓遠遠看了就要知道閃，誰都惹不起不怕死的下流癟三。

活人死了，「仁義」也一併變成了歷史名詞，死人無賴早就在這個島國裡稱王，瓜分勢力，瓜分利益，瓜分怎麼分配還活著的人的生活控制權……活人警察根本拿他們沒辦法，東京政府只好成立專由死人組成的警備部隊加以制衡。

不管是世界各地的哪裡，操，只要是黑社會都差不了多少。

比起來，過去活人的幫派算很有節制了。

我聽師父說，在半個世紀以前大家都很怕死，再怎麼鬥都有規則可循，畢竟大家當初混黑社會的目的不是為了打打殺殺，而是想弄錢弄女人弄輛閃閃發光的好車。

但現在，大家全死不了，真要一拼，場面肯定很誇張。

此刻我正蹲坐在高樓上，輕鬆居高而下，用高倍率望遠鏡窺看這一切。

算算時間，師父也差不多該準備好了。

……真好笑，這個老把戲屢試不爽。

如果他們當中有任何一個人還活著的話，那些從中央空調送進去的瓦斯就不可能瀰漫了整間房卻沒人發現。又，若不是我們還要蒐集那些爛死人頭，只要朝灌滿瓦斯的房間多開幾槍，立刻一次解決。

「師父，接下來就看你表演了。」

我瞇起眼，將靠窗的那個臭死人塞進十字瞄準器的正中央。

扣下扳機，狙擊槍的大號子彈衝射破玻璃，將那個臭死人的腦袋整個轟掉！

火花飛濺，早已瀰漫了整間房的瓦斯轟隆一聲爆炸！

超有魄力的爆炸衝擊啊，我遠遠躲在上面耳膜都快裂開來了。

火焰亂竄，冒煙的泥塊從樓上摔到樓下，七、八具還在鬼叫的屍體被衝擊力道射出屋子，有的撞上對街的招牌，有的表演後空翻轉體兩圈半然後筆直插到街上的柏油路。

真可惜，我在上面無法聽清楚那些死人驚恐的叫聲——那可不是肉體疼痛所發出來的鬼哭神號，哈，而是他們恐懼到了極點所迸發的本能啊！

——這時，師父應該已經衝進爆炸現場裡收割死人頭了吧。

十幾台停在談判地點外面的黑色轎車，被從天而降的石塊跟屍體砸爛，車子裡不約而同衝出雙方人馬，在完全搞不清楚狀況下，只好神經兮兮地朝對方開槍。

在餘爆聲跟槍聲中，雙方都有人中彈，但都沒人倒下。

「技術真差。」

我喃喃自語，俐落地扣下扳機，將一個死人的雙腳打爆。

我要做的部分很簡單，就是在制高點上架好狙擊槍，持續將視線內可以看見的腳全都轟爛，讓那些臭死人跑也跑不掉。

可能的話也一併把他們的手給射爆，別讓他們有機會拿穩武器。

最後將車子的輪胎一個一個擊破，毀了他們的逃命工具。

「怎麼回事！到底是從哪放的槍！」

「操我怎麼知道！我的腳斷了！狗娘養的最好是可以接起來再用……」

「老大在上面被幹掉了，要撤還是要幹？」

「幹！當然要幹！就這樣回去一定會黑掉！」

「叫幫手！把人統統叫過來！」

「我好像聽到對面說要叫人？怎辦！要撤嗎！」

「撤個屁！他們有人我們也有！打電話！打電話！」

失去判斷力的臭死人開始打電話叫幫手，這樣正好，越多人越混亂，師父跟我本來就不是來炸幫派老大的……而是想割掉在這裡為非作歹的每一個死人的頭！

我很愉快地開槍，一邊想像師父踩著還在冒煙的屍體砍下腦袋的景象。

等到那些笨死人的子彈都用得差不多，摸出刀子準備互砍屍體的時候，終於高高在上的我也被發現了。無所謂啊其實。

「混帳，原來我們被暗算了！」一個死人對著我大叫。

我立刻賞給他一顆貫穿膝蓋的子彈。他不痛，可跪下了。

接下來他們全都躲在車子後、我槍打不到的地方，對著我這裡開槍。

嘖嘖，從下面往上面開槍，用的又是誤差值超大的手槍，怎麼打得中我？

就在我們僵持不下的時候，最精采的來了。

門撞破，熱氣跟灰煙滾滾竄出，師父揹著一個軍用防火袋從大樓裡衝了出來！

「吼吼吼吼吼！」

師父大跨步跳上一輛車，又一輛，再朝荒山組的死人堆裡衝下。

左手武士刀，將一個混混連手帶頭斬下。

右手快速掄斧，斜斜把一個從正面開槍的混混劈掉。

左手，右手。

武士刀，斧頭。

人頭，人頭！

「這傢伙……難道就是傳說中的那個人！」

一個死人瞪大雙眼，不可置信地看著手中硬生生被砍斷的武士刀。

再一眨眼，師父快速絕倫地用武士刀斬斷了他的脖子。順勢，右手斧頭從胯下逆劈向上，將一個矮小的死人的身體直接砸成兩半。

左手，右手。

武士刀，斧頭。

人頭，人頭！

濃稠的黑色血水在死人空掉的脖子上搾開，斷手斷頭在半空中飛來飛去，師父淋得全身黑血，連長髮都濕成了一束一束。

比起我在上面放冷槍，師父那種豪邁的殺法才是真男人啊！

絕對沒有人可以像師父一樣，一手拿著武士刀，一手拿著斧頭，兩手並用簡直就是魔神下凡。不到半分鐘，荒山組這邊的人頭都被師父砍下！

一個死人頭在地上滾來滾去，哭喪地嚷嚷：「怎麼辦？我們沒頭了！」

另一個死人頭則破口大罵：「什麼沒頭？是身體不見了！」

暫時沒空管那些笨蛋死人頭，師父吐著熱氣，從這邊又衝到那邊。

超過兩米二的巨大身影像一枚黑色砲彈。

一邊跑，一邊咆哮！

「那個人好像不對勁！」

「是獵人！開槍！」

「開槍！開槍！」

惡鬼組幾個槍裡還有子彈的死人，慌慌張張朝師父扣扳機，但沒有組織，槍法又爛，不是沒打到，就是全給師父身上笨重得要死的防彈衣給擋下。

接下來，惡鬼組碰著了真正的惡鬼。

我放下狙擊槍，吹著泡泡糖欣賞師父大屠殺的模樣。

從頭到尾沒有一個死人可以靠近師父的身體，也沒有一個人認真想幹掉師父——正常人，不管是死是活看見師父都只想著逃。

即使不痛，也不能再死一次，又如何呢？死人在師父面前根本佔不了便宜。

明明就不會痛，那些臭死人照樣喊得呼天搶地，當人的習慣還是改不掉。

氣勢的差異在對決上構成了關鍵性的勝敗，師父一面倒地「宰殺」那些死人，我則開槍將拔腿就跑的死人擊倒……不是我臭蓋，我可是例不虛發的神槍手。

不到一分鐘，惡鬼組的成員統統支首分離。

十幾顆腦袋落在地上，你看我，我看你。

大殺一頓的師父大口喘氣，將武士刀跟斧頭靠地，慢慢坐下休息。

這位值得尊敬的、兩米二的大魔神閉上眼睛，駝著背，彎著腰，低著頭，剛剛狂舞的雙手因過度使力而微微顫抖。

即使遠遠藉著望遠鏡看他，也能感覺到筋疲力盡的困頓之氣將師父緊緊包著。

可惜，也不可惜，師父能休息的時間不會太久。

我看著望遠鏡的深處，黑幫的車子極好辨認。

「師父，援兵來了，大概還有一分鐘就會到。」我對著無線電說。

「……」師父還是閉著眼睛。

「敵人各四台車，我會先攔下他們一波，接下來就看師父的了。」

「……」師父一點反應也沒有，相當認真地休息。

接下來發生的事不必我贅述了。

不過就是我開了幾槍，扔了幾顆手榴彈，然後師父衝過去殺他們雙方一大頓。

夕陽時分，我們在剛剛製造出來的城市廢墟裡撿死人頭，一共五十八點五顆，全部都在嘰嘰喳喳講話，十分滑稽。

按照往例，不管那些死人頭怎麼哀爸哀母，我們將那些死人頭包在廉價的透明塑膠袋裡，捆好扔在卡車後面，再用黑色的大帆布蓋起來，免得路人側目。

我開車，渾身乏力的師父呼呼大睡。

2

是時候說點關於師父的事。

在我從血淋淋的陰道裡鑽出頭來、開口喊媽媽之前，師父就在世界各地亂割死人的頭……當時他仗著年輕氣盛，單槍匹馬也沒問題。

不過我也沒有真的叫過媽媽，因為我的媽媽在生下我不久後，就把我丟在孤兒院自生自滅。

據說我小的時候缺乏母愛，胡亂認了一隻母狗當媽媽，整天癡纏著牠、學牠便溺、學牠吠、學牠吃扔在地上的東西，想起來就覺得自己很慘。尤其很多孤兒院的玩伴都把這件事當玩笑嘲弄我，更令我無法忍受。

直到我八歲，我將那一隻母狗吊死在孤兒院門口，才讓嘲笑我的聲音停止。

為什麼我會知道自己的身世，這就得歸功於有一天我看到報紙上一個死人女明星的照片。她長得真像我，我一眼就知道她是我的親生母親，不可能錯，尤其比對她當年割腕自殺的時間跟我被扔進孤兒院的時間，對起來剛剛好。

是的，我媽媽是一個匈牙利的大明星，很漂亮，發過三張銷量還可以的唱片、主演過二十幾部電影，大受歡迎。後來我懂事了，自己在網路上查資料，才看見我媽媽曾在媒體上說，她想在最美麗的時候結束生命，這樣才能保住永恆的美麗——有些人到老才死，要用那副又老又醜的臭皮囊度過百年、千年，甚至地球終結的那天，她光想就全身起雞皮疙瘩……雖然她再也辦不到了。

很多大明星都因為相同的愚蠢理由自殺了，我媽並不特別。我只覺得我媽白痴，但不會因此恨她。

但我媽因為不明就裡的因素遺棄了我，連一次都沒有到孤兒院看過我，也沒寫過一封信給我，沒打電話給我，更沒有透過任何方式……任何方式！讓我知道我就是她的兒子，這就讓我不大能理解了。

如果那個時候她肯好好養我，我就不會變成孤兒，我就不會缺乏母愛，我就不會錯認一條母狗當媽被笑得半死，我就不會活在沒有前途的日子裡。

跟現在的命運完全相反的，我從小就會是一個大明星的兒子，備受寵愛，隨時都有巧克力可以吃，上貴族學校，穿著領子打蝴蝶結的衣服，下車時有管家幫我開門、並提醒我上足球課的時候別踢得太激烈免得受傷，跟朋友談天說地的內容都會是一些超高級的東西。

但去他的！

我現在的人生，連想像談天說地裡「那一些超高級的東西」是什麼都辦不到！

在我十六歲那年，我的怨恨越積越深，越想越痛苦。

除了將孤兒院所有的窗戶都用球棒砸破，我想不到別的方式可以逼自己冷靜。去他的之後我就被叫到院長辦公室罰站，讓那個老女人嘆氣吐在我的臉上。

「孩子，你為什麼整天愁眉苦臉？」孤兒院院長嘆氣，摸摸我的頭。

「我非得殺了我媽媽。」我氣到全身發抖：「我非得殺了我媽媽不可。」

「孩子，就算你想殺了你媽媽，恐怕也……孩子，你的身世不明啊。」

「我媽媽就是琳賽汪達！」我爆發。

「琳賽汪達？」院長的表情看起來像個失智老人。

「別騙我了！我知道我媽媽就是琳賽汪達！琳賽汪達！」

「可憐的孩子……」

可憐個屁！

我失控地揍了院長一拳，然後大吼大叫衝回自己的房間。

我超憤怒的，即使我弄清楚了真相，我媽媽就是大名鼎鼎的琳賽汪達，也決心要殺了她洩恨，卻連這一點卑微的反撲也辦不到，因為她早就死了！

「這下，我一定要將她扔進焚化爐，把她灰飛煙滅！」我抱著頭大叫。

□

命運使然，隔天我就看到報紙新聞說，一個禮拜後我媽媽跟好幾個已經死掉了的大明星都會齊聚德國慕尼黑，參加天主降光明教派一年一度的聖啟大會，因為「超神蹟」賽門布拉克會出現在會場，賜福給參與盛會的每一個死人。

別無選擇，我搶劫了幾個路人，好不容易湊足了旅費，日夜兼程到了慕尼黑。

由於參加聖啟大會的死人太多，主辦單位租用了國家體育館當會場。

那天眾星雲集，全德國的大小媒體都到了，鎂光燈從頭到尾閃個不停，我假裝自己是個死人混在讓我作嘔的上萬屍體裡，好不容易，才用望遠鏡看到我媽媽坐在第一排的貴賓席。

「琳賽汪達，妳這個不負責任的賤人！」我咬牙切齒。

正當我盤算著等一下散會後怎麼接近她、綁架她、燒死她的時候，體育館上空突然落下幾十顆手榴彈……

去他的真是一場精采絕倫的大爆炸！！！

屍塊，椅子，講台，鬼叫的頭顱，分不清是誰的奶子，飛來飛去。

「到底是怎麼回事！」大概每個死人都這麼尖叫了。

當坐在底下的大家被炸得血肉模糊的時候，我反而相當冷靜。

我看見會場的圓頂上空攀著一個惡漢，扛著機關槍朝底下亂七八糟掃射，然後懸著、盪著繩索迅速往下落，一下子腳就踏實了地。

爆炸聲間間斷斷持續，機關槍掃聲沒停，徹底壓制了現場。

我注意到那名惡漢的機關槍攻擊幾乎集中在貴賓席跟主講者的方向，強大的火力讓那些只有棍子跟手槍的警衛根本難以接近——就算是不痛不癢的死人，也想保持自己身體的完整啊！

「太棒了，怎麼有這種超人啊！」我傻了眼。

不管這個惡形惡狀的男子漢究竟想幹嘛，他順手將我媽媽隨便爆掉的狠勁，都令我感動得五體投地。

我心念一動，心想這個男子不管在裡面怎麼大開殺戒，最後一定得逃，我的直覺告訴我，像他這種屌人一定沒想過怎麼離開這裡。

是，那是我這輩子做過最正確的決定，我當機立斷擠出會場，趁亂搶了一輛警車，在十二個出口外選了其中一個，等待那名惡漢現身。

——十二分之一的機會，真讓我矇中了！

「快上車！」我開門，大叫。

「吼吼吼吼吼！」師父拿著機關槍對著我大吼。

「我是活的！」我立刻張嘴咬下手上一塊肉，鮮血噴出。

就這樣，我們成功逃了。

後來據師父說，他因為過度憤怒太早扔手榴彈了，只看見一個人在大家的掌聲中走上講台，卻沒看清楚他是不是就是他想幹掉的對象。

萬分可惜，沒能炸死即將在稍後出場的賽門布拉克。

——那可是師父最接近成功灰飛煙滅賽門布拉克的一次機會。

3

我很尊敬師父。

不是因為師父破壞死人屍體的強大力量，而是他努力鍛鍊自己，不讓這股兇殘力量油盡燈枯的決心。

他老了，今年已經七十九歲，卻選擇不屈不撓地活下去。

如果師父隨便結束自己的性命，進入「不死不活」的世界，他照樣可以「屠殺」死人，而且絕對更兇更猛。但他極度痛恨那些臭死人，絕對不想自己成為他們其中之一，無論如何也想用活人的姿態跟那些臭死人戰鬥下去。

不過幸虧也因為師父老了，灰飛煙滅賽門布拉克的壯志未酬，否則依他沉默寡言、難以相處的惡霸個性，一定不會允許我巴著他。

「要是你不幸死了，我第一時間就燒了你。」師父惡狠狠地說。

「沒問題，我也不喜歡當個行屍走肉。」我信誓旦旦地保證。

如同蝙蝠俠需要羅賓，體力越來越差的師父也需要找幫他控制場面，在他忙著割頭的時候幫他解決漏網之魚、觀察敵人支援、規劃逃亡路線、補充火力、療傷、幫師父找妓女等等。

為了讓自己可以幫得上更多的忙，我展開了射擊特訓。

當年搞我媽媽琳賽汪達的男人一定是個槍擊好手，我在這方面擁有傑出天分，只要狙擊槍校準正確，就算是三百公尺外正在交配的蝴蝶我都可以一槍打爆，就算三百公尺外正在交配的野貓我也可以一槍爆掉公貓的屌，就算是三百公尺外正在交配的男女我也可以一槍爆掉男人腫大的陰莖……所以我也常幹這種缺德的事當練習。

話說，這個世界上有很多像我們這樣獵殺死人的活人，扣掉一些心理變態的個人犯罪者，大多數的「獵人」都是一團一團的，很有組織，火力強大，才有本事實踐他們「不允許死人繼續活著」的宗教理念，像我們這樣的獨行俠少之又少。

但師父的名號，可是威名遠播。

半個世紀前，他是日本格鬥摔角史上最傑出的天才。

半個世紀後，他是令全世界死人聞風喪膽的大怪物。

「師父，你到底是為了什麼而活呢?」有天，我忍不住問道。

「為了確實收拾賽門布拉克。」師父用日本腔調的怪英文說。

果然如此。

人類怎麼死也死不了，距今也有五十年，在獵人的圈圈裡漸漸出現一個無法證實的傳說——歷史上第一個活死人，賽門布拉克，如果他遭到「灰飛煙滅」，那麼全世界的活死人都將同時安息——再也不會騷擾這個世界。

賽門布拉克的行蹤，一直被信奉他的天主降光明教派嚴密保護著。

想暗殺賽門布拉克的獵人團一直很多，要不找不到賽門布拉克，要不就是被天主降光明教派擁有的「國家級武力」給擋了下來。師父那一次罕見地接近得手，震撼了黑白兩道，但也讓往後的刺殺行動變得更加艱難。

我跟師父一起行動，追蹤所有關於賽門布拉克真真假假的消息，輾轉世界各國，一路練習消滅死人，好保持「隨時都有事情做」的感覺。

豐功偉業說起來嚇死你！

在迪羅特的首都布拉格，炸掉全歐洲最大的死人整形醫院，我們幹的！

在隆布朗特共和國的首都馬賽，讓地下鐵出軌，砍了三百多名死人旅客，我們幹的！

在法國的新首都巴黎二號，潛入隆布朗特共和國的外交使館大殺一頓，我們幹的！

在日內瓦第一死國的首都坦特貝拉，毀掉由死人主辦的第一屆室內奧運會，我們幹的！

在梵蒂岡宣佈成立賽門布拉克神蹟研究院的那一天，將各國禮車隊盡數爆掉的那一場華麗屍塊煙火，也是我們幹的！

早在兩個禮拜前，我們聽聞天主降光明教派下個月，將藉著「永垂不朽的NBA傳奇盃籃球表演賽」在日本開打的機會，在東京巨蛋進行萬人宣教。

籃球表演賽的活動空前盛大，超神蹟賽門布拉克也可能跟著一起來，受邀表演賽的開球儀式。

「師父，這一次也幹了吧！」我熱血沸騰。

「……」師父捏緊拳頭。

於是我們就先搭飛機到台灣，再雇船偷渡到日本。

早一步到東京，當然要先殲滅幾個死人黑幫當作練習。

三天前我們在池袋略施詭計宰了一票死人暴走族，今天我們在銀座閹了兩個自以為屌的暴力團。比起以前的大場面，這兩次在東京幹的都只是暖身運動。

老實說我對死人並沒有太大的意見，畢竟我跟師父不一樣，我一出生，這個世界就長得這副模樣，我沒什麼不能接受的……不就是人類擁有無限期的「生命」嗎？只不過前幾十年人類擁有感覺，然後某一天斷氣了就永遠失去感覺罷了。

大家都一樣，去他的我也一定是。

但我的人生除了把我媽媽再殺一次外，胸無大志，將來要做什麼也說不上來。

既然我師父無意間幫我了卻了心願，那麼，我厚著臉皮「分享」師父豪壯的志向，應該也不打緊吧？

4

完全按照規劃，我將卡車開到東京市郊的樹林裡。

師父兀自呼呼大睡，我先下車，將上衣脫掉，抄起鏟子在林子裡挖洞。

挖洞的時候，我將蓋在卡車後面的大帆布掀開，讓那些被塑膠袋弄得很悶、卻悶不死的死人頭，仔細看看我在做什麼。

「他在挖洞？是挖洞嗎？」

「你擋住我的視線了！快點把你的死人頭移開！」

「……挖洞幹嘛？天啊不會吧！」

「挖洞？他真的在挖洞？看到的人快點說一下！」

「我說小哥，打個商量怎麼樣！別把我們埋進洞裡……」

「別把我們埋進洞裡！這麼缺德的事，會有報應的！」

報應？

據說在我出生以前，有一個叫佛教的教還是世界上三大宗教之一，他們主張「因果報應」跟「生命輪迴」，在亞洲很盛行。

可人死不了之後，第一個垮台的舊宗教就是佛教，因為「生命輪迴」已經被三十億的臭死人證實完全不存在。佛教垮了，「因果報應」的理論也跟著變成了口號。

「聽好了，我會挖一個很深很深的洞，把你們埋進去，再用土紮紮實實地填起來，沒有人會聽到你們在地底下鬼吼鬼叫。」

我揮汗如雨，笑嘻嘻地掘著坑。

「接下來發生的事先告訴你們吧。你們不會腐爛，但你們的眼睛鼻子舌頭還是會被不挑食的螞蟻吃掉，頭蓋骨會被樹根慢慢穿掉，蚯蚓會爬進你的鼻孔裡鑽來鑽去。」

我的鏟子在汗水中跳舞。

「是，你們是不會痛，但你們還是堅忍不拔地活著，最基本的恐懼感會逼迫你們去體會這一切。」

我滿身都是土屑跟泥巴，扛著鏟子喘氣。

「對了，這個恐懼的期限是——沒有期限。」我大笑。

接下來的一個小時裡，那些死人頭大哭大叫求求我不如一把火將他們灰飛煙滅了，也不想被我埋在洞裡。有人願意付一億，有人出到五億，有人喊到十億。

我非常享受被哀求的感覺，更喜歡板著一張臉孔拒絕他們。

他們一下子求饒，一下子詛咒我，搞得我挖洞的情緒非常高亢。

洞挖好了，我把師父叫醒。

「師父，師父，你最喜歡的部分到了。」我搖搖他沾滿灰沙的巨大身軀。

「……」師父打了一個很臭的呵欠，揉著眼睛起來。

累了一天的師父當作是做收心操，跟我一起將那些死人頭一顆一顆丟進洞裡，然後將土一鏟一鏟扔在那些憤怒的死人頭上面。

直到土覆蓋平整後，我趴下來，將耳朵牢牢貼在地上。

極細微的，那些死人還在絕望深處裡咆哮著。

這個變態的處理死人方法當然是我獨家想出來的。

在有我幫手之前，師父凌虐死人哪有這麼費事，只不過是將那些死人的頭砍下，然後一個一個踏碎讓他們永遠無法復原罷了，如果太累，師父會澆上汽油，硬是把他們燒進名額爆滿的地獄。

虐待死人頭這種事，我最行了，我的變態很快就傳染給師父，他放手讓我去幹這些事，有時候還會跟我一起回到當初挖洞的地方，再把洞重新掘開來，看看那些死人頭過得怎樣——然後再把洞填滿。

超好玩的！

□

我一邊發動引擎，一邊挖掉沾在耳朵裡的沙子。

「對了師父，我又想到一個好點子。」

「……」

「下次我們可以把一堆死人頭泡在廢棄的游泳池裡，然後丟一大堆食人魚下去啃他們，哈哈，要他們看著同伴一點一點被吃掉，絕對超恐怖的啊！」

「……」

5

我們在河邊痛快洗了個澡，將戰鬥的痕跡抹去。

我開車進城，找了一間由活人經營的小旅館休息。

接下來幾天我們好好在旅館裡養精蓄銳，白天師父持續他永無止盡的體能訓練，而我則蒐集下一次作戰的情報、在網路上跟黑市交易需要的火力。

為了打發時間，有時晚上就打電話召妓。

性這種事，死人幹不了，師父跟我搞起來就起勁了。

我搞起來像瘋子，師父搞起來就像在殺人。

完全沒事幹的時候，我就在網路上胡亂尋找可能是我爸爸的人。

各屆奧運的不定向飛靶射擊金牌得主，近三十年來最出色的幾名射箭高手，各國職業籃球裡百步穿楊的三分線射手，大聯盟防禦率低於二的優質投手，每一個都有是我親生父親的嫌疑。

我一個一個比對他們的年齡跟長相，幻想他們跟我媽媽做愛時射精的模樣。

不容易啊。

這份名單我前後湊了好幾個月，光是第一波還沒結束的名單裡，就有一百二十五個人涉嫌搞過我媽媽，讓我十分苦惱，我無法決定我要當誰的孩子。

如果我媽媽琳賽汪達還有剩一顆死人頭就好辦了，我可以整天虐待她直到她吐露全部的真相。現在說什麼也沒用了，我得靠自己的力量。

現在地球的人口已經來到七十億，裡面有三十億個死人，四十億個活人。

乍看之下我們活人以四比三佔有優勢，但去他的完全不是這麼回事。

我查了一下維基百科，活人的國家維持在一百九十七個，死人國則一路暴增到五十六個，今天早上看新聞，去去去，昨天晚上竟然從英國北部又獨立出一個新的，叫什麼名字還沒決定，看有多隨便。

全面性的戰爭幾乎已經看不到了。

畢竟活人老打不贏死人嘛，且白痴都知道，不管仗怎麼打，戰爭的結果就是無條件擴張死人的版圖啊。

打久了，拿砲的活人都改用割地棄權的方式跟拿槍的死人交涉。

在某些由活人掌權的國家，政府為了拉攏死人或防止死人作亂，死人甚至也被施捨投票權，甚至還當選議員或市長什麼的，真的是超爆笑。

撇開師父對死人的成見，死人其實是相當環保的新種人類，他們不需要吃喝，不吹冷暖氣，也不吐出二氧化碳——去他的超減碳，緩和地球的溫室效應就靠那些死人了。

話又說回來，為什麼死人會復活？

儘管半個世紀過去了，愚蠢的人類還在爭論不休。

由於科學在這件事——人類歷史上所遭遇到最重大的事件，無法提出像樣的解釋，科學的勢力漸漸邊緣化。順理成章啊，取而代之的當然是宗教的版圖急遽擴張……願意臉不紅氣不喘向群眾扯謊的人，永遠都不會欠缺的。

我提過佛教第一個被自己的理論給放倒，基督教則是第二波被自己的神蹟說給消滅。不意外，既然每個人都可以復活，耶穌基督看起來也還好嘛！

過去的三大宗教只有伊斯蘭教還苟延殘喘著，可信的人同樣越來越少，現在大家都往這個世紀才被發明出來的新興宗教靠攏。

例如，主張其實「大宇宙主宰」就是塔克拉馬星人，而人類正是受到塔克拉馬星人飛碟散出來的「永生電波」才得以不死的「塔克拉馬星教派」。他們預測再過五十年，某一天數百萬台飛碟會來到地球，射下傳輸光束，將人類移動到另一個永生不死的星球。

這種乾脆將妄想跟科學結合起來鬼扯一通的新興宗教還有很多。

比如「火星科技復興教派」強烈主張人類應接受火星人的冥感教導，全力發展太空移民，因為人類的體質已經可以適應各式各樣惡劣的外在條件，就算是上百年的長途旅行也不打緊了。

印象深刻，十年前有個組織還乾脆跳出來，聲稱人類今日之所以死不了，都是因為他們研究中的「零時物質」失去控制，一下子從組織的基地中擴散到全世界。而「零時物質」在擴散的過程中受到不明的原因產生突變，將人類身上的時間機制做了微妙的改變，在人死亡的瞬間，時間機制也一併停止……嗯嗯……嗯嗯……

去他的「零時物質」是什麼東西啊！

繼續猥褻基督教教義的教派也不少，有個教派很扯，他們說上帝在與魔鬼的萬年戰爭中終於同歸於盡了，上帝死在西太平洋底下（去他的為什麼是西太平洋啊！），魔鬼被一舉擊飛到月球，搞得全世界的活人在死後無處可去，只好賴活人間——解決方式就是大家一起到西太平洋底下打撈上帝的遺體，用集體崇拜的力量促使上帝復活。再問問大夢初醒的上帝現在該怎麼辦。

目前勢力最龐大的，就是擁有賽門布拉克這個「超神蹟」的天主降光明教派。

他們放話說曾經預言賽門布拉克這第一個活死人的降世，因此大受歡迎，主要的論點是「在世永生」——不用等待最後審判，停止輪迴轉世，人類被賜予無限長的生命，是為了無限期榮耀大光芒上帝用的，而總有一天大光芒上帝將會向世人展現七大災難、七大奇蹟，之後有十分之一的臭死人會分享到大光芒上帝的力量！

哪十分之一？

去他的當然是最虔誠巴結他的那十分之一啊！

大方向定是定了，但細節的內涵教義常常順應狀況變來變去，因為那個華裔胖主教「謙虛」地宣稱來自「大光芒上帝」的指示變幻莫測，他唯有透過賽門布拉克進行超感應，才能勉強與大光芒上帝取得聯繫。

不管哪一個新興宗教所提出「人類接下來該怎麼辦」的答案，都越喊越大聲，但聽在我這個活人耳朵裡，那些理由都越來越貧弱。

我沒有信教，我唯一信的是師父。

師父心情好的時候會教我一些摔角的技巧，我們就用臭死人當作練習對象。

我遠遠沒師父魁梧，但只要是跟犯罪有關的東西我都有點天分，幾年後摔角的技巧我全都上手了，也試探性幹掉過幾個落單的死人小孩，可是也被他們打得很慘，我想我還是比較適合在安全的地方放冷槍、在安全的地方引爆炸彈。

亡命天涯對死人來說可能沒什麼，但還活著的我超愛這種刺激感。

在到處獵殺死人的旅行中維持活著，是相當奢侈的一件事。

我很珍惜。

有東西吃的時候我一定大口吃大口吞，有酒喝我就一瓶接著一瓶，撞見漂亮的女人我就省下追求的過程，直接把她勒昏就拖進車子裡強暴。

對啦對啦，我是個人渣。
所以我常常爆掉一些臭死人，當作是對這個世界的道歉啊！

6

為了確認賽門布拉克到底會不會到日本，我將電視二十四小時開著。

闕島解放死人共和國的國父潘乃德總統，在剛剛接見天主降光明教派的華裔肥教主時，公開發表了全世界矚目的一場演講。

「永生人的價值，就是人類價值的無限延伸。

「人類社會的不斷進步，就在於知識與經驗的傳承，在過去，教育是不可或缺的環節，是培養人類競爭力無可奈何的機制。

「是的，無可奈何。因為人終將一死。

「我們絕對無法否認，過去數千年來人類痛失無數英才，倘若達文西未曾死過，我們今天的世界肯定不一樣。倘若愛因斯坦未曾逝去，我們今天的世界肯定是另一番面貌。倘若梵谷終於等到了他被這個世界認同的時代，他今日的創作又會呈現出哪一種驚人的神采？

「現在，每一個偉大的學者專家都將無限期地存在下去，藝術家都能持續創作一百年、一千年，寫歌寫一千年，唱歌唱一千年，演戲演一千年，導戲導一千年，小說連載一千年，漫畫連載一千年。

「除了從無到有的教育，人類的智慧更在每一個學者專家藝術家的腦袋中無限期積累下去，進步，將不再是循序漸進的，將會是大跳躍的，大突破的，人類的歷史將隨著永生人的出現更加輝煌！」

全場死人起立鼓掌。

那個癡肥的華裔胖教主更緊緊擁抱了那個國父，將氣氛炒到更高點。

「……原來，現在臭死人有另一個超好聽的新名字，叫永生人啊。」

我喃喃自語，不屑地轉台。

為了制衡囂張的臭死人，全世界的活人都卯起來生小孩，但自殺的比率也一直屢創新高啊，一增一減下，我們活人越來越少，處境越來越不利。

現在連永生人這種響叮噹的名字都出現了，自殺率又會往上飆升了吧。

我覺得自己的心情應該變差但其實沒有，卻想裝出一點憂心忡忡的樣子，於是走到師父房門外，告訴師父我想出去外面走一走，順便買幾罐啤酒。

「……」我只聽見一大串像是不如殺了我吧的女人鬼叫聲。

師父忙著在房間裡幹女人，沒空答理我。

想想，也好，待會到外面買啤酒，順便找個女人弄弄吧。

7

比起死氣沉沉的歐洲，深夜的東京還是很有看頭。

大量流浪漢橫七豎八睡在街頭，對任何人來說，他們是死是活從沒什麼分別。

營業到天亮的居酒屋這時正是人聲鼎沸的高點，我喜歡那種純粹由活人叫嚷出來的糜爛氣氛，整條街都是，我刻意挨近走了一段路。

無關景氣，色情產業總是生意興隆。

上門尋歡的有活人也有死人，接客的也有活人跟死人。

我對沒辦法勃起的死男人戴著假陰莖、硬要玩活女人讓她們受罪這種事，無法忍受，但對擁有戀屍癖的活男人與高采烈點死女人來搞，就多多少少可以想像——褻瀆死者這種事我可是佼佼者。

皮條客大剌剌在街上拉客，我從其中一個手上拿了幾張照片看。

漂亮是漂亮，年輕是年輕，奶大奶小都有。

問題是……

「都是活的嗎？」我皺眉，用從師父那裡學來的生疏的日語問。

叼著菸，皮條客頗有深意地打量我這個外國人。

嫖死人在這個注重倫理的國家「目前」還是違法，要是被檢舉，罪判得不輕。

不過這條爛法律隨時都可能被修改，反正這個世界越來越爛。

「要死的也有喔。」

皮條客左顧右盼，從懷裡掏出一份型錄給我。

這份黑色型錄上的照片，琳琅滿目都是死人。

死法不同，屍體保存狀態不同，也不見得每個死者都動過屍體美容手術……要知道，會找死者做的尋歡客都有點與眾不同，有些人就是喜歡自然一點。種種狀態，價錢也不一樣。

「我要這個。」我點了一個被繼父活活餓死的少女。

「下面還有很多喔，也可以下去再挑。」皮條客隨口。

「不用，我就要這個。」我堅持。這種死法實在不多見！

「品味很好，這個要二十萬日幣，手續費五萬另收。」

我數了一疊不斷貶值的日幣給他。

皮條客拿起手機打了一通電話，壓低聲音跟店裡交代我的要求。

過了兩分鐘，皮條客還在溝通，語氣焦切。

我開始害怕我要的那個少女被訂走了。

正當我考慮放棄、要改訂另一個被暴走族亂刀砍死的胖女人時，皮條客掛上電話，用如釋重負的語氣對著我說：「跟我走。」

皮條客帶我到一條小巷子裡，打開一扇密門叫我沿著螢光指標往下走。

「兩個小時。」他拍拍我的肩膀，用蹩腳的英文說：「Two hours fuck.」

「OKOK.」我豎起大拇指。

適應著昏暗的燈光，我走到冷氣開到讓人寒毛直豎的地下室。

為了遮掩奇怪的氣味，空氣裡充滿了濃郁的脂粉味跟香水味，幾個暫時沒人要的死者排排坐在吧台看電視，死狀五花八門，一下子就讓我燃起堅挺的性慾。

環繞著中間的吧台，至少有十間小砲房。

一個服務生接手領著我，打開其中一間房要我進去。

房間裡早有瘦得只剩一副皮包骨的少女，赤裸裸打開腿在等著我。

領了我的小費跟中指，服務生微笑關上門。

「你好。」少女微微點頭，她的屍體微微發黑，真是極品。

我迫不及待脫下衣服褲子，跨上床。

少女面無表情拿起一大罐潤滑劑塞在陰部，擠了擠，再將凹掉的潤滑劑放在地板上。坦白說那個動作真是粗魯到了極點，卻讓我更加興奮。就開始做了。

「我問妳，妳死了，又不用吃喝，搞了也沒感覺，幹嘛還做這個？」

我咬著她乾癟的胸部。

我故意咬得很大力，反正她不知道。

「你管我這麼多。」她瞪著天花板，像是回答過無數次。

嘻嘻，什麼管這麼多，問答遊戲才正要開始哩。

「妳繼父性侵犯過妳吧？是吧？」我抓開她兩條腿，用力挺進。

「……」

「一定是了，怎麼可能沒有呢？新聞上看多了，嘖嘖。」

「你可以專心做就好了嗎？」少女板起臉孔。

不行。

不然我去搞活的就好了，幹嘛姦屍呢？

「不過就算他不侵犯妳，妳也會勾引妳繼父吧？」我鍥而不捨。

她怒氣騰騰瞪了我一眼，想說什麼又強忍了下來。

「不過他幹嘛不給妳東西吃？真奇怪。真奇怪不是嗎？」

「……」她撇過頭去。

我注意到她的眼皮被剪掉了，所以無法閉上眼睛迴避我的視線。

可見她一定老是不看著客人做愛，跟客人很不愉快過，才被店家剪掉眼皮懲罰。

「對了！妳一定是不乖，妳繼父才沒有給妳東西吃喔。」我大叫。

「我哪有不乖！」她咬牙切齒地說，指甲抓得我肩膀好痛：「做完了快走！」

嘻嘻，真有趣。

用惡劣的語言戲弄死者，我最會了！

「活活餓死，是什麼感覺？」我衝擊著，衝擊著。

「……」她還是瞪著天花板，連假叫幾聲都不願意。

我將她的雙腳架在我的手臂跟肩膀上，一鼓作氣抱起她。

鼻子碰鼻子，我用舌頭撬開她冰冷的嘴唇，徹底享受侵犯死者的快感。

亂搞了一陣，我感覺到自己的心跳加速，血管在發燙。

「喂，我問妳活活餓死，是什麼感覺？」我快速抽擊著。

「很餓。」她的聲音很冷淡。

但我聽得出來，她的冷淡裡壓抑著一股巨大的激動。

——到了說出關鍵垃圾話的時候了！

「活活餓死，死了以後卻吃不了東西，很不甘心吧？」

我哈哈大笑，毫無保留在少女體內射了出來。

「……」少女怔住，呆呆不發一語。

我將她摔回床上，慢動作穿上衣服褲子，欣賞著這個崩潰的死人。

關上門，哼著歌離開。

8

我走在大街上，愉快地回憶剛剛那半個小時。

我偶爾喜歡跟死人做，師父從頭到尾都不知道，畢竟我得照顧師父保守的心。

其實師父知道了會不會責備我或看不起我，我也不曉得，說不定師父會覺得我超猛的，說不定他會覺得我在虐待死人上的境界又高了一層，也想試試看？

總之，真經典啊！

我竟然對那種背負不幸身世的死者說那種沒良心的話，真的是太人渣了我！

哈哈哈哈，這下子我又得多解決幾個敗類臭死人才能跟這個世界道歉了……

忽然，我就失去意識了。

醒來的時候，四周一片昏暗。

應該是巷子之類的地方吧？

我看到的第一個清楚的畫面，是剛剛那少女死者的臉。

脖子還很痛，剛剛一定是被棒子之類的東西襲擊了。

「我賣身四十五年，你是第二個讓我想這麼做的人。」

被活活餓死的少女冷冷地對著我，手裡拿著一把刀子。

「妳想幹嘛？」

我緊張地動了動身子，卻發現動不了。

雙手雙腳都被反綁著，依這觸感好像是塑膠繩。

更讓我吃驚的是，我的胯下一片冷颼颼的，竟然沒穿褲子。

「你該不會，想讓別人知道，你被割掉老二吧？」

「等等，妳有什麼毛病？」我奮力掙扎，卻只是在原地蠕動。

「我只要十秒就可以切掉你的老二，你再怎麼叫也來不及。」

「……」

「不想被別人知道你被活活割下老二，就咬住這個，別亂動。」

被活活餓死的少女將我自己的內褲塞在我的嘴巴裡。

「！」我別無選擇，只能用力咬住。

接下來，那個臭死人開始她莫名其妙的報復。

由於自尊心的關係，我忍痛接受了這一刀，一聲都沒叫。

我痛到眼淚都流了出來，差點連舌頭都咬斷了。

無論如何我一定要忍耐到這個變態臭死人走掉為止，然後想辦法解開綁在手上跟腳上的塑膠繩，再捧著被切下來的陰莖去醫院做緊急縫合。

等我痊癒之後，我再跟師父去剛剛那間店裡表演瘋狂割頭秀！

「別急，我知道你在想什麼。」

那個瘋女人將我翻了過來，繼續朝我的胯下一陣沒人性的亂搗。

不用想也知道我的陰囊也遭殃了，睪丸被挖了出來。

鮮血像爆炸的可樂一樣從我兩條大腿間噴射出來。

我滿地打滾，拿頭撞地，拼命忍住大吼大叫的衝動。

萬一被路人看到我這副德行，不見得會送我到醫院，卻肯定拿手機拍下來放網路，標題差不多是：「剛剛被閹掉的外國人」。

我絕對不允許自己這麼丟臉！我最痛恨丟臉！

不！絕對不允許！

這個世界上沒有比「被活活閹割」更能貼近形容被活活閹割的劇烈疼痛，我用各種姿勢在地上滾來捲去，脖子都快抽筋，大腿就真的抽筋了。

我快發瘋快發瘋快發瘋了。

如果我再不進急診室，我的下體大量飆血，一定撐不住的！

「小朋友，活活被閹割，死了以後卻搞不了女人，會是什麼感覺？」

那個臭死人在我的耳邊笑著。

「有空記得回店裡告訴我，我很想知道。」

□

失血過多竟然也是一種好處，幾分鐘後我用昏倒取代了要命的痛苦。

像做了一場惡夢，醒來，就只看到地上一團被踩爛的東西。

就算我把地上刮乾淨，也沒辦法將那些渣渣拿去醫院做任何事。

「……」

不意外的，我也不痛了。

我花了一個多小時咬開綁在手上的塑膠繩，再迅速解開腳上的繩子。

用和著口水的內褲將胯下仔細抹個乾淨，輕輕鬆鬆穿上牛仔褲。

走出巷子，找了一台放在路邊的賓士，對著車窗玻璃的反射整理一下頭髮。

「人模人樣的。」

我拍拍臉，點點頭。

我想起剛剛出門的時候，轉角街上就有一間二十四小時營業的整形店。

沒別的想法，我摸了一下牛仔褲後面，那鼓鼓的皮包竟然還在。

一輛計程車遠遠駛來，我舉起了手。

9

不會錯。

電視新聞都報導了，報紙也登了，天主降光明教派也買了大篇幅廣告，一星期後「超神蹟」賽門布拉克就會抵達日本，在東京巨蛋為「永垂不朽的NBA傳奇盃籃球表演賽」開球。

「不簡單啊……只有那麼大的活動才能把賽門吸過來。」

一邊聽新聞，我一邊在房間裡檢查今天下午交易到手的點爆式新型狙擊子彈。

這種子彈威力強大，只要目標被打中……不管打中哪裡，基本上就炸開約一個籃球大小的窟窿，射中肚子，有一半的機會屍體就直接斷成兩截，射中脖子，頭一定掉下來，直接射中頭嘛，就等於現場灰飛煙滅一具屍體。

缺點是火藥用量更多，彈頭更沉，去他的瞬間後座力很威！開槍時那一震，子彈常常就偏離軌道，就連我這種天生好手開十槍也有五槍打在不是我想要的位置。

但我說過了，威力強大嘛！即使是射歪了一點點，只要給削到一下，即使目標是個死人也得面臨屍體支離破碎的窘境。

這幾天我想得很透徹，要灰飛煙滅賽門布拉克，最簡單就是找到他下榻東京的飯店，用火箭筒突破一下，就可以衝進房裡砍下他的頭。問題是不曉得他真正住在哪裡，有爭議的名人常常會搞一些障眼法，一口氣訂下東京最好的十間飯店也不奇怪。

與其去幻想賽門布拉克會住在哪裡，不如將思緒集中在最原點。

——還是得大鬧東京巨蛋才行。

為了防止像我跟師父這種人亂場，當天東京巨蛋會場的警戒一定空前嚴密，政府支援的武裝直昇機在空中巡邏就不必說了，最基本，門口一定會有金屬探測器，想攜帶武器混進去完全不可能。

當然了，師父是人肉坦克啊，就算是赤手空拳也拆得了賽門布拉克。要讓一個不打算使用槍械跟炸藥的肉體暴力王通過安檢，再怎麼困難也有限度，問題是……我也想參與啊！

我上網下載了東京巨蛋的建築設計圖，認真做了點研究。

現實世界不像電影跟小說講得那麼複雜，畢竟東京巨蛋不是設計來抵擋攻擊跟預防刺殺用的，而是給觀眾進去看表演看比賽用的，要偷渡狙擊槍跟火藥進去並不困難，只要從八條主要的下水道偷偷摸到巨蛋底下，再往上撬開一些雜七雜八的管線跟阻礙就可以，甚至我還可以租一台迷你快艇停在巨蛋下面，一旦得手就循原路閃人，那些臭死人一定摸不著頭緒我們怎麼消失的。

「師父，基本上你光明正大進去就行了，我的部分，會自己想辦法。」

「……」

其餘那天師父該做什麼，我只跟他講了個大概。

至於怎麼做到，師父自有他的辦法。

事前的準備功夫很重要，這就是專業的犯罪者跟一般流氓最大的差別。

隔天我租了一台迷你快艇，開著大燈，在黑漆漆的東京下水道系統裡摸索了八、九個小時。

這一趟下水道之旅確認了很多事情，我不只用螢光噴漆在重要的管壁上做了記號，還在幾個重要的據點安裝了無線電發射器，幫助我用手機在下水道裡做定位。

之後我每天都來回練習一次路線，越來越熟，速度越來越快，還可以在下水道裡玩快艇甩尾。

畢竟事後的逃亡功夫就更重要了。

死心眼跟目標同歸於盡是很次等的作風，代表規劃的能力不足、執行的能力不足、專業的能力不足。

去他的師父跟我可是高手！

慣了路線，我便開車到山區練槍，熟悉新型子彈的後座力。

先是打樹、打石頭，再來就是打會動的任何東西。

看到那些倒下就不再爬起來的野生動物，我實在搞不懂為什麼無害的牠們就得面對死亡，而對地球有害的人類卻享有繼續爬起來的特權？

「因為你們比較倒楣。」我只能這麼說，然後繼續開槍。

到了動手的前一天，我先是將一輛裝滿汽油又附贈遙控炸彈的廂型車開到巨蛋外的公共停車場，再駕駛著迷你快艇到下水道預定的位置。

將快艇停好，撬開該撬開的東西，一路往上，摸進了籌備比賽中的東京巨蛋。我將拆好了的狙擊槍、兩大盒子彈跟五個遙控小型炸藥裝進旅行袋，放在隱密的地方。

我換上髒兮兮的工作服，大大方方在東京巨蛋裡逛來逛去，將實際走過的地方跟從網路上下載到的結構圖做了印證。

最後，我帥氣地直接從巨蛋裡走出去，攔了計程車回旅館。

10

大日子到了。

「我們就是死了，也想打籃球！」

這熱血聳動的標語化作旗幟，飄揚在東京巨蛋每個可以插旗的地方。

前來捧場的大概有超過五萬五千名活人跟死人，將東京巨蛋擠得水洩不通。大部分都是死人，因為只有那些老東西才會記得那些即將上場打球的老古董，即使他們並不信仰天主降光明教派，也很樂意從全世界各地買機票來看這一場「不可能的經典賽事」。

我一身休閒，舒舒服服坐在一個月前就預訂好的貴賓包廂裡，拿著望遠鏡等待比賽開場，還點了一份其實我只能欣賞的海鮮大餐。

這段期間，工作人員彬彬有禮地用金屬探測儀掃描過房間裡的每個角落，然後堆滿笑容走了出去。

「白痴。」我冷笑，對著關上的門豎起中指。

比賽還有二十五分鐘就開始了。

不急，我是高手。

我從容不迫地走到藏槍的地點，提了那一大袋亂七八糟的東西回貴賓包廂，沿途將那五個小型遙控炸藥黏在足以讓人嚇一大跳的地方。

現在，我還有兩分鐘可以把狙擊槍好整以暇組合起來，將子彈填好。

比賽開始前，賽門布拉克在熱烈歡呼聲中出場致詞。

我用鑽石切刀在玻璃上劃了彼此間隔十公分的三個圈圈，將狙擊槍從中間那一個探出去，瞄了一下可以捕捉的範圍，在腦中假想一下狀況。

話說賽門布拉克走路的模樣真奇怪，姿勢超不協調。

據說他曾經為了跟大光芒上帝發生「靈動感」，從一百多層的高樓往下跳過一次。就算他死不了、那一摔也幾乎將他撞散了。後來送醫拼湊屍體費了很大的功夫，其中一隻腳跟一隻手再也不屬於他……真夠白痴的。

我在十字瞄準器中，壓抑著扣下扳機的慾望。

如果我願意，在賽門長達一分鐘的簡單演講裡，我已經可以轟掉他的頭十次。

可師父唯一的原則，就是得由他親手擰爆賽門布拉克的腦袋。

我信師父，所以我把揚名立萬的機會讓給他。

終於賽門布拉克廢話完了，燈光一暗，全場跟著焦躁騷動起來。

啪地一聲。

快燒起來的聚光燈打在白隊的入口處，照在一個高大癡肥的老黑人身上。

「首先登場的是，號稱地球有史以來最強的中鋒——俠客歐尼爾！」

全場爆出令我難以理解的激動吼叫聲，惹得我立刻就想將那個老黑人射倒。

司儀用誇張的語氣介紹選手陸續入場，全場觀眾的吼叫聲幾乎掀飛了巨蛋頂。

「攻守無敵，無所不能的長人——凱文賈奈特！」

「單槍匹馬取敵首、絕不手軟的戰神——亞倫艾佛森！」

「改寫所有天才定義的絕對天才——科比布蘭特！」

白隊的四名球星登場後，頻頻向觀眾揮手致意，在球場上方一共有十六面巨大的螢幕即時轉播，那些球員看起來又老又醜，哪有一點明星風範？

我看節目宣傳單上說了，今天的比賽全都是由死而復生的球員擔綱演出，真好笑，不過就是把一些被時代遺忘的老傢伙湊在一起打敬老盃慈善大賽罷了。

「最後，死人的英雄，拼命騷擾活人NBA總冠軍賽的——」

全場等不及，起立鼓掌歡迎這個連我都如雷貫耳的怪咖。

「杜瓦波里斯基！」

一個白人揮舞著雙手笑著進場。

他很年輕就因心臟麻痹嗝屁，讓他在外表上佔不小的便宜。掌聲足足聒噪了一分鐘才停，死人的手掌不會痛這一點真的很機歪。

接下來換「歷史更悠久的」紅隊出場。

司儀一個一個唱名，觀眾每一個都扯破喉嚨大叫那個死去球星的名字。

「創下無數神奇紀錄的，NBA史上最偉大中鋒——威爾特張伯倫！」

「今晚不想再當悲劇英雄的悲劇英雄——派崔克尤恩！」

「從地獄裡硬是丟出妙傳的——魔術強森！」

「讓當今所有射手黯然無光的——賴瑞博德！」

這四個同樣蒼老的死球星穿著紅色球衣，肌肉都鬆垮垮的像是在吊豬肉，向觀眾揮手的模樣看起來就像重症者，但滿場的死人卻給予比白隊膨脹十倍的掌聲。

他們都死得太久，在我出生前都翹毛了，加上我對籃球沒什麼研究，這一切看在我眼底真是莫名其妙。

不過當然了，接下來出場的這個死人我也聽過。

他的存在可是世界級的常識。如果被我查出來他在死前有可能搞過我媽媽琳賽汪達的話，那他就是最有嫌疑當我爸爸的人。

司儀也忍不住用大吼的聲調叫出他的大名。

「如果上帝會打籃球，那麼，祂一定就是——麥可喬丹！」

是啊，全場起立鼓掌嘛。

熱烈歡迎那個在死前垂垂老矣、拄著枴杖，在死後卻照樣灌他媽的老飛人。

只見喬丹在掌聲中走向白隊的波里斯基，摟著那位受寵若驚的白人肩膀。

環顧四周，喬丹用感性的語氣說道：「四十年前，我在電視機前面觀賞活塞隊對湖人隊的總冠軍賽，在史戴波中心球場進行的關鍵第五場，我看到了讓我淚流滿面的畫面。」

波里斯基低下頭，靦腆地笑著。

喬丹繼續說道：「波里斯基在滿場的噓聲裡，視而不見無數砸在他身上的汽水瓶跟熱狗，視而不見對手跟夥伴對他的憤怒與不諒解，視而不見計分板上殘酷的事實，他說了一句話……」

停頓了兩秒，全場怔住。

喬丹大吼：「他說了一句話！」

全場觀眾彷彿重新有了呼吸，一齊大叫——

「就算死了，我也想打籃球！」

暴動了。

可真是暴動了。

真不愧是喬丹加上五萬五千人的力量，連高高在上的我都震懾不已。

「今晚，人類歷史上最優秀的兩代球星將在這裡分出勝負，一百年後的某個晚上，我們會跟不甘死亡的第三代、第四代、第五代球星較量，看看誰才是史上第一，史上第一！史上第一！」喬丹舉起波里斯基的手，氣氛沸騰。

球賽隨即開始。

歐尼爾跟張伯倫跳球。

球彈到了博德手裡，博德隨手丟給強森，強森晃過艾佛森，正要上籃取分卻面臨賈奈特跟波里斯基牢不可破的聯防。

「！」只見強森一個奇怪角度的妙傳，球到了喬丹的手裡，喬丹單手灌籃得分。

全場鼓掌。

波里斯基控球，吸引喬丹的防守後將球傳給布蘭特，布蘭特隨即在三分線外自幹跳投，球沒進，籃板被歐尼爾狠狠抓了起來，再用他癡肥的屍體將球暴力灌進。

全場鼓掌。

除了大螢幕大畫面的即時轉播，每個球星的嘴角都貼了一片袖珍麥克風，可以將他們在場上講話的內容廣播出來，這讓比賽更加生動有趣。

強森控球，一閃眼丟給博德，博德在距離三分線還有一大步的距離出手。球進。

「布蘭特，這才是投球。」博德故意摸摸布蘭特的頭。

觀眾大笑。

艾佛森控球，本以為立刻就要傳出去的，卻見一頭白髮的他像一把刀子切進敵陣，在所有人都來不及反應下將球放進籃框裡。

「怎麼?老傢伙都跳不起來了嗎?」艾佛森哈哈大笑。

觀眾大笑。

接下來，喬丹一記高拋球，張伯倫在半空中接到，第一時間雙手灌籃，將試圖攔阻的歐尼爾給撞倒在地。

「大傢伙，別忘了你的時代裡，沒有我。」張伯倫伸手拉起歐尼爾。

觀眾大笑。

接下來是一連串目不暇給的超級混戰。

尤恩蓋了賈奈特的火鍋，波里斯基抄截了喬丹的運球，歐尼爾在張伯倫的防守下亂投不進，尤恩搶到籃板快傳強森，強森大吃小艾佛森上籃得分。

「你叫戰神是吧?學著點!」強森笑笑將球拋給艾佛森。

觀眾又是拍手又是尖叫。

布蘭特連續自幹，連續不進都有歐尼爾跟賈奈特抓到籃板，最後在喬丹面前表演一招向大師致敬的後仰式跳投，球進。

「我故意讓你投的。」喬丹哈哈一笑，運著球。

「……少來了。」布蘭特表情尷尬。

喬丹將球抓在手上，用高傲的表情說道：「現在輪到你讓路了。」

「？」布蘭特還反應不過來。

只見喬丹單手持球像砲彈一樣衝出，在場所有球星都往旁站開一步。

毫無意外中的天大意外啊，年邁，不，是死去的喬丹從罰球線起跳！

一道扣人心弦的紅色弧影逼近底線，將球塞進籃框。

巨蛋裡爆出掌聲，喬丹英雄般高舉雙手，接受再接受。

「兩次運球啊，籃球之神！」艾佛森不服氣，但記分板上可不這麼認為。

——畢竟，喬丹嘛！

接下來還是好戲連連，博德在三分線外連續砍進三球，張伯倫蓋了賈奈特三次火鍋，強森遞出五個妙傳，尤恩如願以償在歐尼爾面前灌了兩次籃。

但白隊也不是省油的燈，波里斯基主導四次漂亮的快攻、分別讓布蘭特跟艾佛森上籃得手兩次，賈奈特回敬張伯倫跟歐尼爾各一次火鍋，歐尼爾開玩笑似衝出來蓋了布蘭特一次大火鍋，娛樂效果十足，惹得五萬多死人大笑不止。

「搞什麼啊？」布蘭特向歐尼爾的大屁股踢了一腳。

「很意外嗎？我一直都看你不爽啊！」歐尼爾做出很賤的表情。

忘了說，這場比賽沒有板凳球員，因為這些上場的先發死人毫無體能問題，每一分每一秒都呈現出他們的巔峰狀態，死不像死。

他們盡興地打，不管球到了誰的手裡，觀眾都是一陣驚嘆。

「喂，波里斯基。」布蘭特將球丟給波里斯基。

「？」波里斯基將球丟給艾佛森去自幹。

「當年真是對不起。」布蘭特伸出拳頭：「總冠軍是在你不在場的時候得到的，變得一點意義也沒有。」

「哈，都死了還能怎樣！」波里斯基也伸出拳頭。

兩拳相疊，全場又是一陣感動的掌聲。

11

球賽進行到一半，紅隊以七十八分領先白隊的六十五分。

中場休息時間，主辦單位宣佈，為了向中國當局提出「反對強制灰飛煙滅法」的立場，下一場「永垂不朽的NBA傳奇」經典賽事，將轉移陣地到中國的北京死人特別行政區去打。

……明明就是看上了那裡的商機可觀，偏偏找了個冠冕堂皇的理由啊。

死人不必上廁所，到了休息時間也沒什麼人走來走去。

死人也不吃不喝，當然賣熱狗跟賣啤酒的小販生意就差了。

不論死活，大家都全神貫注地欣賞穿得很暴露的美女啦啦隊表演。

就連那個不知大禍臨頭的賽門布拉克，也坐在第一排貴賓席鼓掌。

我則將狙擊槍重新探出玻璃外，等待約定的時刻。

啦啦隊表演正精采時，此次活動的吉祥物也翻著筋斗登場。

三個吉祥物在疊羅漢，三個吉祥物在熱鬥街舞，三個吉祥物在表演花式雜耍。

其中一個在雜耍的吉祥物——肢體擺動的模樣特別不協調。

「師父，動手吧！我會全力掩護你撤退的！」

我瞇起眼，十字瞄準器對準賽門布拉克身邊的魁梧護衛。

只見那頭動作古怪的吉祥物東張西望，大步走向坐在第一排的賽門布拉克。

「一點也不想掩飾了嗎？」我感到一陣過度緊張而來的興奮。

賽門布拉克疑惑地看著來到他面前的巨大吉祥物。

他身邊的巨漢保鑣緩緩站起，正要推開那頭走錯方向的吉祥物時——

砰！

我扣下扳機，巨漢保鑣的脖子炸離身體。

吉祥物一把抓起表情呆滯的賽門布拉克，頭對著頭，猛力砸下去！

第二個、第三個保鑣站起來，幾乎要掏出槍來。

我開槍，又開槍，第二個跟第三個保鑣毫不含糊地身首異處。

吉祥物這一記猛烈的頭鎚將賽門布拉克的腦袋毀掉，但在約定的關鍵十秒裡，他還有五秒的時間——於是吉祥物用力擰住賽門布拉克的脖子，像玩弄嬰兒一樣。

我繼續開槍，開槍，將賽門布拉克身邊的警衛與保鑣又射倒了五個，威力強大的狙擊彈確確實實地將他們阻止吉祥物的能力給奪走。

第十秒，吉祥物硬生生扭下了賽門布拉克的死人頭。

勝利！

我毫不猶豫按下了炸藥遙控器，A。

位在第五號出口的自動販賣機大爆炸，衝擊力足以將二十公尺之內的屍體炸碎，那一炸，將滿場的尖叫聲的音域又提昇了五度。

更重要的是，讓現場秩序徹底大亂！

抓著賽門布拉克的死人頭，師父偽裝的吉祥物衝進混亂的人群裡，幾個警衛慌慌張張朝師父開槍，我看十槍有九槍打到了旁邊顧著逃命的觀眾，其中真正打在師父身上的那一槍，恐怕也被師父穿的剪切增稠液態防彈衣給擋下。

我持續朝湧進的警衛開槍，這時已無法顧及到中槍的部位，反正打了就有分。

但不能戀戰，我將狙擊槍設定在自動定時擊發的狀態，轉身開門就走。

現在場面超級大混亂，是任何人都能逃走的良機，我邊走邊按下遙控器的B，將第八號出口的男廁炸掉，又引起了死人更恐慌的情緒。

然後是C——轟！第一號出口變成人間煉獄。

D，轟！服務台變成一團張牙舞爪的火球。

E，轟！紀念品中心的地板整個往下垮掉。

大爆炸這種力量所製造出的恐懼感永遠都很酷，就連死人也會迷失在騷動裡啊！

等到我在最後關頭脫離崩潰決堤的人潮，走到跟師父約定的地點時，師父早就站在那裡等我，身邊還躺了十幾個腦袋被砸爛、在地上學蟲爬的警衛。

師父來不及將該死的吉祥物裝扮脫下，只摘掉頭罩，扯下手套，雙拳沾滿過期的黑色血跡，賽門布拉克慘兮兮的死人頭在他的手中大叫：「我錯了！那天晚上真的不是故意的！我根本不知道她是你的老婆！我只看到她一個人！」

我覺得不大妙。

師父的臉色蒼白，身上至少有二十幾處槍傷，就算有防彈衣還是不夠看啊！

「別擔心，撐得住。」

我說著口是心非的話，但現在想什麼都是多餘。

我帶著師父快速從預先規劃好的路線一路往下，按部就班來到下水道，跳上前一天停妥的快艇。

發動引擎的那一瞬間，我同時啟動最後一個炸藥控制器。

停放在東京巨蛋外停車場、裝滿汽油桶的那輛廂型車，此時此刻大概衝到了半空，驚天動地的大火連帶燒乾了附近所有的空氣吧……那裡可都是停了數百輛汽車的好地方，搞不好來個超經典的連環大爆炸。

等等回到旅館，一定要第一時間打開電視看新聞。

「師父，你怎麼樣？」我駕駛快艇，瞥了一眼師父。

「……」師父沒力氣說話，也沒閉上眼睛。

如果是五年前的師父，這點槍傷只要靜養兩個月就沒問題了，現在歲月催人老，師父連自己脫下吉祥物的衣服都辦不到。

我要專心駕駛快艇，只能大聲鼓勵：「師父，撐住！你說過在宰掉賽門布拉克之前，你是不會死的！」

……等等，這種話好像不是現在應該說的？

只是賽門布拉克沿途一直鬼叫，一下子求饒，一下子求師父灰飛煙滅，一下子為我聽都沒聽過的奇怪往事道歉，一下子就瘋狂咒罵。很吵，吵死人了！

但師父好像很享受，我也只能說：「喂，我說賽門啊，你要嘛就專心求饒，要嘛就專心求我們一把火燒了你，要不就勇敢一點狂罵到底啊，都死這麼久了，別三心二意的。」

師父近五十年來一直都想幹的事，今天終於圓夢了。

我很替師父開心，真的。

失血過多，他看起來很疲倦，表情卻也很安詳——平時師父就連睡著了都沒露出這樣的表情過。

我心念一動：「師父，你是不是死了！」

「……」師父瞪了我一眼。

「哈哈，我就知道師父能撐！」我哈哈大笑。

就在快艇即將駛出下水道的時候，師父巨大的身軀突然斜斜往旁倒下，快艇重心登時一傾。我一看，師父有半顆腦袋都浸在髒水裡。

我趕緊停下快艇，將半昏迷的師父扶正，用力拍拍他的臉。

師父霍然睜開眼睛。

「到最近的焚化爐。」師父罕見地使用語言。

「師父！你要相信自己的身體！你跟怪物一樣啊！」我大吼。

「……」師父用超狠的眼神看著我。

□

是了，終於到了最後約定的時刻。

這是師父收容我跟他一起行動的唯一條件。

12

快艇出了下水道，我攙扶著有夠重的師父到車上。

一開門，師父立刻摔躺在後車座，手裡緊緊抱著賽門布拉克沮喪的頭。

打開東京市地圖，距離這裡最近的人道焚化爐，大概有十分鐘車程。

「那麼，就請師父不要睡著了，免得……」我踩下油門。

抵達人道焚化爐管制區的時候，師父身上笨重的吉祥物衣服已完全漬紅了。

我先下車，從側座的置物箱拿出手槍，大剌剌走進去管制區。

「請問有什麼事？」一個戴著眼鏡的辦公室小姐起身，微微鞠躬。

「燒東西。」我點點頭。

她太快死掉馬上復活就麻煩了。

於是我朝她的肚子開了一槍，再將桌上的電話線扯掉。

「什麼聲音？」一個掃地的老先生探頭出來。

「槍聲。」我朝他的肚子也打了一槍。

陸續幾個聽到槍響衝過來的工人，我也是一人一槍，全打在肚子上。

搞定，再將師父硬拖下車。

「！」師父的頭先著地，讓他整個醒了。

他踉蹌站起，不忘抓著賽門布拉克的死人頭，辛苦地跟著我的腳步。

賽門布拉克的頭看著我說：「請你幫我告訴艾琳，其實我最愛的還是她。」

「不要。」我嗤之以鼻。艾琳，誰啊？

我打開裡面最大的一座焚化爐，點燃了火。

拿著死人頭，師父默不作聲走進去，沒多再看我一眼就從裡面將門拉上。

趁還活著的時候把自己燒掉，一秒也不想當個臭死人，這就是師父人生第二個願望。他說過，也許他永遠也宰不了賽門布拉克，但卻絕對不想成為像他那樣的人，如果萬一他不幸重傷，就算是在他身上澆汽油，我也要毫不猶豫點火。

「……」我看著這逐漸開始加熱的爐子。

離別了，原來是這種感覺。

我有點想哭，可沒辦法，只好做個樣子擦擦眼睛。

一想到從此以後我只能一個人到處放冷槍、搞爆破，就覺得怪怪的。

合作無間的雙人組，聽起來比獨行俠還要酷，為什麼要剩下我一個呢？

以後我也只能一個人挖洞埋死人頭了，沒人知道我多狠，真的很怪。

「師父，不如你出來吧！」我用力拍著焚化爐。

師父是個鐵打的硬漢，就算身陷烈火也只是發狂地大叫，沒嚷著後悔要出去。

「師父！下個月就是三十幾個死人國要模仿聯合國，簽署條約成立『永生大聯盟』的日子，我們何不去把那些臭死人炸到外太空呢！師父！你死了不打緊，我不會看不起你的！」

漸漸，師父不出聲了。

我再也忍不住。

「師父，其實我前幾天就死了！」

我不知怎地和盤托出，對著焚化爐大吼。

「其實死了也沒什麼太壞的地方，就算沒有老二也不要緊，我自己裝了一條最流行的死人專用電子陰莖，功能超級豐富的，旋轉震動抽插基本功能都有，冷熱溫控，會發光，會假射，還可以聽音樂！就算死人也被我搞活了！師父！出來吧！出來吧！」

我大吼大叫，立刻脫下褲子，對著焚化爐展示我的七彩陰莖。

砰！

此時，焚化爐的門從裡面打開……

全身怒火的師父倒真的爬衝出來，可他像木炭一樣的屍體嚇到我了。

「哇嗚！」我大叫一聲往後退了一步。

燒得亂七八糟的師父舉起冒火的賽門頭，作勢要砸我。

可師父才踏出焚化爐，一踏地，他燒成炭的腳就當場粉碎。

他摔在地上，又將半個身體跟一隻手也跌碎了。賽門的頭也碎成了黑灰。

「……那，還是算了吧。」我很傻眼。

弄成這個樣子才曉得後悔，不如還是灰飛煙滅了吧。

我來不及穿上褲子，就撈起師父怪吼怪叫的腦袋，將他丟回焚化爐。

門關上。

我振作精神，穿上褲子，朝地上的賽門黑灰補了一腳。

接下來漫長的人生裡，我得找到搞過我媽媽琳賽汪達的男人，然後幹掉他。

「就算死，也逃避不了我的懲罰。」我自言自語。

上次說過了，預備入選的第一波疑似我爸爸的名單，還沒列完就有一百二十五個人，每一個都是有頭有臉的大人物。

算了，統統都殺掉，死了再徹底灰飛煙滅一次吧。

有了目標，我不禁有點高興。
我朝著焚化爐微微鞠躬，然後邁向新的人生。

第五章

[一百年只屬於自己的快樂]

高貴的靈魂，是自己尊敬自己。
——尼采《善惡的彼岸》

1

一百年前跟一百年後的人類世界，在外表上幾乎沒什麼兩樣。

時間考驗了很多事，讓很多專家親眼看見他們的預言成了放屁。

沒有可以飛上天的汽車，因為沒有人說得上來要讓汽車飛上去做什麼。

手機也沒有出現立體影像通話的介面。

機器人還是沒有真正的思想。

石油依然是最主要的能量來源。

複雜的氣候從未被任何科技力量控制過。

當然了，移民火星還是科幻小說裡的夢想，只是已經很少人寫小說。

癌症跟愛滋病也沒有新的療程或特效藥，從事相關研究的人都被視為笨蛋。

……擁有最好腦袋的科學家花了太多時間在發呆，就跟其他人一樣。

□

醫院的候診大廳，大家圍繞著一個正在哭鬧的小孩子。

小孩子活蹦亂跳的，一下子吵著要看卡通台，一下子想要喝可樂，圍觀的大家都感到十分新奇，爭著要摸摸捏捏小孩，七嘴八舌討論。

「好久沒看到小孩子了，真有活力呢！」

「要喝可樂啊？想喝就買給他啊！不過就是冰糖水嘛，印象中很好喝的。」

「哈哈，上一次看到小孩是什麼時候，我都沒印象了呢。」

「叫什麼名字？乖，告訴阿姨你叫什麼名字？小強？好可愛喔。」

「是生什麼病呢？牙齒蛀了，安心啦，蛀了還會再長嘛。」

「來！叔叔抱抱！哈哈哈這小孩這麼不怕生啊……哈哈哈哈……」

不一會兒功夫，醫院大廳的電視早切到動畫史瑞克，而小孩子的身旁堆了可樂、汽水、零食跟一大堆小玩具，樂得不吵不鬧。

其中一個圍觀的民眾，張嬸，不禁感嘆……

如果曾曾孫跟曾曾孫媳婦願意生小孩，她就不必擠在這裡看別人家的孩子。

不管是一百年前還是一百年後，年輕人都有年輕人的想法，管多了就生氣。

在五十歲那年過世的張嬸，今天只是依循著過去五十年的習慣，回到以前工作的醫院「閒晃」，接下來要晃的地方還有公園，之後才是回家。

認真計算起來，今年是張嬸第一百四十九歲。

張嬸年輕不懂事，十七歲就懷了老大，酒沒醒就上工的丈夫又在她懷老三的時候，不幸在工地墜樓過世。

年紀輕輕她就失去丈夫，靠著白天在早餐店幫忙、在飯店裡整理床鋪洗被單、晚上在醫院裡拖地洗盤子，獨自扶養兩個兒子跟一個女兒長大。

她很努力，子女也都很爭氣，三個都上了大學，其中一個還飛到美國拿了博士學位，當了教授。

在么女跟么女婿選好日子結婚那天，張嬸在醫院裡昏倒了。

醒來的時候，等待她的是血液報告跟核磁共振圖，還有一個噩耗。

「張嬸，很抱歉告訴妳這個結果。」醫生嘆氣。

同樣都在醫院工作，就算沒說過話，看也看熟了。

醫生知道張嬸的身世，非常同情。但除了同情，醫生也無能為力。

「請先不要通知我的家人，我想參加我女兒的婚禮。」張嬸懇求醫生。

那晚，賽門布拉克登上了全世界媒體的頭版。

張嬸落寞地讀著報紙，真希望這樣的奇蹟也發生在自己身上。

為期一年化療很辛苦，張嬸瘦了二十公斤，憔悴了。

倚仗著一定要看到孫子的毅力，張嬸千辛萬苦撐了下來。

就在張嬸病危前一個禮拜，醫院裡所有該斷氣的人全都奇蹟似甦醒過來，據說這個現象同時出現在世界各地，造成巨大的恐慌。

一開始張嬸從護士那裡聽到這個新聞時，還以為是兒子女兒串通護士騙她，直到她自己看到電視上各新聞台的報導，她才燃起希望。

「媽，妳放心，妳一定會復活的！」

大兒子抱著剛出生的孫子，輕輕摸著張嬸的臉頰。

「媽，沒道理其他人都復活了就妳不行，妳一定要有信心。」

二兒子緊緊握著張嬸的手，激動地流下眼淚。

「醫生？」張嬸眼神迷離地看著醫生。

「我……我無法保證。不過，過去七天以來，在本醫院過世的病人、車禍送命的傷者，在死後甦醒過來的機率是——百分之一百！」醫生微笑，不知道在臭屁什麼。

「我，好想看到我的小外孫喔。」張嬸摸摸女兒鼓起來的肚子。

「媽，妳一定可以親手抱抱他的。」女兒擦掉眼角的淚水，微笑。

三個小時後，張嬸在家人的陪伴下闔上眼睛。

心電圖剩下一條沒有反應的線。

家屬痛哭，祈禱，於是張嬸在眾目睽睽下睜開眼睛。

心電圖還是僅剩那一條死氣沉沉的線。

「我……好像又活過來了？」張嬸呆呆地說，難以置信。

原來，剛剛那一刻短暫的無意識沉睡，就是死亡？

2

台灣政府規定，「實際存在年齡」超過一百歲的人，禁止從事任何勞力工作，以保障活人跟部分永生人的工作權。

這個規定的作用不大，因為鮮少有永生人對勞動性工作還抱有熱情，尤其是實際存在年齡超過一百歲的永生人，根本不可能有人對工作有任何興趣。

辛苦拉拔孩子長大成材的張嬸常常回到醫院，偶爾幫點忙、替偷懶的清潔人員掃掃地，不過是因為日子無聊。

現在的醫院不比當年，屬於活人的那一半空間都很冷清，屬於永生人的那一半診間生意就好得多，很多永生人會來美容他們的臉孔與身體、訂做漂亮與多功能的義肢、從胃部抽取他們因過度懷念而吃喝進肚子裡的食物殘渣與酒水。

至於來看病的活人都在看一些芝麻蒜皮的小症狀，感冒、牙痛、針眼、喉嚨痛、胃痛、視力減退、口臭、腎結石、尿道發炎、疝氣、包皮過長、盲腸炎、經痛、幻聽、關節炎、偷竊癖、說謊、抄襲成癮等等。

面對絕症之類的重病，若治療過程太痛苦，病人肯定毫不猶豫放棄。

這是理所當然的吧。

在台灣有三千萬個死人，兩百五十萬個活人，法令也配合廣大的民意變得很有彈性——任何人在面臨特定、巨大、不可抗力的痛苦的威脅下，可以向醫療機構請求「自由永生死」，除非出於個人的宗教因素，接到請託的醫生不得拒絕患者的要求。

不只是絕症，因種種意外被送進醫院急診的傷者，有時也因為不想被截肢而快速簽下「自由永生死」的強制執行申請書，這些人有很大的機會在死後還是可以控制他們原本要犧牲的肢體。

無病無痛，自然亡故的老死恐怕是最不划算的死法，任誰都不想在死後拖著一副毫無魅力的老朽屍體「過活」吧！

「那麼，就請將我永生死吧。」

八十年前，張嬸的大兒子在被驗出食道癌時就這麼跟醫生說。

「那……就……麻煩……醫生……了……」

七十五年前，張嬸的長媳婦在二度中風時還保持基本的禮貌。

「還等什麼？當然是快點一針打過來啊！」

六十年前，張嬸的長孫在罹患肝癌末期時也跟醫生這麼說。

「算了算了，現在就讓我死了吧。」

二十年前，她那重感冒的曾孫竟然也這麼說……當然被張嬸一巴掌打醒了。

「你這個傻小子，人生沒有那麼簡單！」張嬸沒好氣地訓誡著。

活人輕率放棄生命造成了一些社會問題，「尊重生命」便成了在野黨聯盟一貫的政治主張，幾個立法委員援引幾個先進國家的法律，制定出「生命完整法」——為了教導新生的活人兒童正確的價值，所有一切為了個人興趣、為了外表的青春常駐、為了打賭賭輸之類的自殺行為仍屬犯法，會被判處一年以上、三年以下的有期徒刑。

……當然囉，這個「生命完整法」不過是一個象徵，多的是漏洞可鑽。

對很多新新人類來說，癌症治療變成了一種「體驗痛苦的人生經驗」，可要，可不要。

此外，從去年的癌症相關醫療統計數字裡可以發現很多有趣的事實。

在台灣地區，超過四十歲以上的男女，願意接受完整癌症治療的比例只有百分之三，跟國際水準差不多。多數願意挑戰化療、重傷急救的病人，百分之五的人是捨不得美食佳釀。百分之三的人是因為自己還太年輕、不願以過於幼稚的面貌永生。百分之九十二的人是為了延長體驗性愛的時間——是的，這一點尤其重要。

「一百年了，全球各國都習慣了永生人的存在」這句話，文法有很明顯的毛病，擺明了是寫給一個世紀以前的活人看的。

實際上，在地球上永生不滅的人類達到了一百二十八億，活人僅剩三十五億。

應該被習慣的、被包容的，是微量出生的活人。

不僅人類的醫療行為改變了，保險公司的制度也變了，法律的精神與形式都變了——債權法、遺產法、刑法的度量等等，全部都變了。

絕大多數的永生人對活人非常友善，畢竟看見活人，就等於看見了過去的自己，永生人總是告訴活人，沒關係的，放輕鬆，一切都會很好很好的。

3

「小強，跟叔叔阿姨說再見。」一個女子向眾永生人微笑。

「叔叔阿姨再見！」蛀牙的小孩跟大家揮揮手。

醫院候診大廳的電視，從卡通頻道又切回即時新聞。

比起上個世紀，現在的新聞平靜太多了。

零星的打架兇殺勒索強暴偷竊虐待當然還是有的，但不過就那麼幾件，彷彿人們對犯罪的想像力也降低了。尤其不管是活人對活人，活人對永生人，還是永生人對永生人，大規模的軍事戰爭都成了歷史。

也許是好事，人類的劣根性在生命永恆的狀態下，很大程度被遏止了。

「還爭什麼呢？美國就剩這麼大了。」這是美國總統無奈的口頭禪。

人類這種糟糕透頂、病毒般的生物數量太過龐大，照理對地球是很驚人的負擔，但永生人不吃不喝也常常沒事幹，總體消耗的能源卻沒有增加。

唯一惡化的是地球的氣候，因為自發性申請「人道灰飛煙滅」的永生人不少，政府到處興建的焚化爐一直都沒有停止過排放屍煙，地球暖化的趨勢始終停不下來，這一百年來北極冰層融化，淹掉了三個活人國、二十一個永生人國，還有四個永生人國今年夏天就得面臨舉國遷徙的壓力。

……算了，那些不過是世界大事，張嬸想管管不了，也沒興趣。

張嬸最大的樂趣，就是跟幾個同樣逛醫院成癮的老朋友，一起在醫院大廳閒話家常，聊聊一個世紀以前人類社會的模樣。

跟所有的永生人一樣，一堆永生人聚在一起最常聊的話題，就是感嘆現在的活人生活沒有力氣，跟自己還活著的時代實在差多了。

一個模樣四十幾歲，實際上已過世四十年的陳太太說：「我那孫子，你們一向知道的，他都三十幾歲了，就整天窩在家裡打電玩、上網聊天，前幾天我叫他去找份工作，認真為自己的人生打算一下，沒想到他竟然說算了吧，反正最後死了就不用吃喝，只要給他一台電腦人生就能夠繼續下去了！」

馬上就有人附和，白髮蒼蒼堅持活到老死的江先生猛搖頭，說：「真無賴啊，抱歉這麼說妳孫子。我以前每天晚上開計程車開到半夜才回家，為的不就是給小孩更好的環境嗎？現在的年輕人都不打算生小孩了，難怪沒有動力打拼！」

「不是因為沒有小孩所以沒動力打拼，是不想給自己壓力，所以乾脆不生小孩。」十年前才脫離活人世界的胡大媽說來就有氣。

「對！就是這樣！」眾人齊聲稱是。

「別說孩子了，我現在覺得養一條活潑潑的拉布拉多，都比跟我家那兩個活小孩相處要有朝氣多了。他們就光是躲在房間裡，整天不曉得在做些什麼，音樂開得很大，不讓我們聽到他們在裡面的動靜。」非常囉唆的江嫂摸著她停止十八年的心臟。

「唉，要是我能乾脆睡著的話，我就不必擔心那麼多了。」當了八十年公務員的盧先生說。

「說到睡覺，我老是叫我們家還在念高中的小寶貝不要熬夜念書，想睡就睡，免得將來死後想睡一下都沒辦法啦。我啊，別的不想念，就惦著能像以前那樣睡一下……睡一下下也好……」外表還很年輕的蔡小姐幽幽地說。

「他們真的是人在福中不知福啊，我天天看著他們沒把桌上的東西吃乾淨，心裡多難受啊，這不是說要節儉什麼的，而是……唉，你們大家都知道的。他們還搞什麼節食、減肥呢？有那種毅力跟心思的話，不如放在更有意義的事情上吧！」胡大媽又是一陣義憤填膺。

大家七嘴八舌的批評，一起了頭就說了個沒完。

這個話題跟活人或永生人不大有干係，其實是長久以來長輩對後輩的不滿。

不論在哪個時代，長輩都熱衷看扁後輩，認為晚生的一代禁不起挫折、缺乏鞭策、抗壓性不足、所受到的阻礙遠遠沒有「過去的年代」來得巨大，過往的優良價值在晚生的一代身上正面臨消逝的危機。

自上帝冬眠後一百年的今日，同樣話題已變形為永生人對活人的憂心忡忡。

張嬸也插了幾句碎嘴的話，但張嬸只是想讓大家知道她與所有老朋友同在，並不是真的對她的孩子、孫子、曾孫、曾曾孫不滿。她擁有過的已經太多了。

話題稍歇。

一個最近幾年很少發言的鄭先生罕見地站起來，用微笑吸引大家的目光。

「對了，很快我就要跟大家告別了。」鄭先生微微一鞠躬。

大家都愣了一下。

「什麼意思？」胡大媽出口。

「我活得夠久了，昨天我已經申請到了人道灰飛煙滅的號碼牌，下個月五號，我就要離開大家了。」鄭先生露出堅定的微笑。

「你不是才……死了三十年嗎？」張嬸幫他算了一下。

以鄭先生五十六歲因胰臟癌英年早逝，即使以一個世紀以前的計算方式，現在不過是八十六歲。

八十六歲……難道八十六歲就滿足了嗎？

「夠了夠了，再活下去我也不曉得做些什麼，每天都這樣過下去，昨天跟今天一樣，今天跟明天一樣，明天跟一百年後的某一天也一定差不多，可以了，我很滿足。」鄭先生的談吐很有禮貌，但態度卻很堅定。

「你有我們啊。我們不是常常聊得很愉快嗎？別忘了你還有家人呢。」盧先生語氣很惋惜。

「……家人嗎？我跟我的妻子、我的父親、我的母親，是一起申請人道灰飛煙滅的，其實我們不是找不到繼續活下去的理由，只是日子一成不變地過下去，心都厭了。」鄭先生用平淡的聲調繼續說道：「就跟那一個《去他媽的無盡永生》的作者一樣，最後他寫了二十五本書去探討永生的意義，最後還不是沒有結論，只能選擇繼續旅行下去？」

「人生的意義啊……」胡大媽有點困惑了。

「我想，或許人生真的沒有意義吧。如果人生真的一定要有意義，那就留給需要人生意義的人繼續去尋找，我呢，只知道……足夠了，我可以沒有意義地離開這個世界，沒有關係。」鄭先生看起來，似乎已經將這件事想過無數次，才做出這樣的決定。

大家一時無語。

不管離開的理由是什麼，常常碰面的幾張面孔，又要少一個……

蔡小姐打破僵局：「或許灰飛煙滅之後，靈魂才能真正從這個身體裡解脫出去吧。那就祝福鄭先生吧。」

鄭先生微笑：「謝謝。」

盧先生也加入鼓勵的行列，握著鄭先生的手說：「聽人說，說不定灰飛煙滅後就能飛昇到另一個空間，也許是天堂！」

鄭先生微笑：「也許吧。」

也許吧。

也許吧。

看著鄭先生輪流跟大家握手道別，張嬸心裡，真有說不出的空。

她的口袋裡，也有一張號碼牌。

4

天空很藍。

在公園散步了兩個多小時，張嬸的腦中一直重複著鄭先生那一席道別。

比起鄭先生，張嬸在這個世界「停留」的時間要長得多，多了六十幾年。

在這多出來的六十幾年裡，自己的確就像鄭先生所說的那樣，一日又一日地重複一成不變的生活。這樣有什麼不好，自己也說不上來。

鄭先生以前是在政大教書的教授，過的是有理想的生活，寫了好幾本評價不錯的教科書，學生也很有成就。像這樣的知識份子一旦人生跟理想脫節了，就漸漸無法忍受，寧願灰飛煙滅掉自己也不想沒有目標地過下去……

這大概是一種自己向自己表達尊敬的一種方式吧？

看看自己，張嬸從年輕時就沒什麼重大的抱負，每天一起床，就是將三個孩子從床上趕去刷牙洗臉，然後開始炒蛋、煮稀飯。

騎機車四貼送孩子到學校上課後，張嬸就去學校對面的早餐店打工，幫忙做三明治、烤吐司、煎蛋餅。十點後她就騎機車到飯店報到，準備客房清潔的工作。

孩子放學，張嬸一定回到家裏做晚飯，吩咐孩子快點寫作業，命令長子負責教次子功課，命令次子要盯著么女寫功課，誰不乖誰就皮繃緊一點。

晚上七點，張嬸準時出現在市立醫院，拖地掃地，洗碗洗盤子。

九點半回到家裡，張嬸仔細檢查孩子的作業、簽聯絡簿、調停孩子間亂七八糟的紛爭、打電話跟老師道歉、幫忙孩子的美勞作業、為孩子剪頭髮、叫孩子趴在她的大腿上挖耳朵。偶爾打孩子、偶爾抱孩子、偶爾被孩子氣哭。

偶爾，孩子笑嘻嘻幫她搥搥背，說媽媽我愛妳。

「媽媽絕對不讓別人說，你們沒有爸爸就不學好。」張嬸總是邊哭邊說。

辛辛苦苦真的不算什麼。

睡眠不足真的不算什麼。

早出晚歸真的不算什麼。

不就是母親偉大的本能嗎？讓三個孩子平平安安長大，每個都完成大學學業、都擁有美好的人生，就是張嬸這輩子最簡單也最完整的期待了。

認真說起來，那樣簡單的期待，在張嬸被醫生宣佈死亡前就已經達成了。

不管活的死的，公園裡多的是無所事事的人。

張嬸看著躺在草地上看著天空發呆的十幾個永生人，不由自主也抬頭上望。

……那麼，過去這一百年，自己的人生又是什麼呢？

難道自己只是單純捨不得離開這個世界，所以才茫然地存在下去嗎？

5

張嬸從沒想過自己也會坐在這個地方。

位於大街小巷的永生人心理諮商中心，數量跟密度跟便利商店一樣多，但上門求助的永生人其實很少，有時一天還遇不到一個需要輔導的永生人客戶。

窗明几淨、裝潢雅緻的諮商中心之所以開得這麼多，跟政府積極進行擴大內需的經濟政策有很深的關係。政府認為提供不需要工作、卻想要藉工作打發時間的永生人一些工作機會，對社會安定很有幫助。

「生命的意義究竟是什麼呢？」坐在沙發上的張嬸，立刻提出這個問題。

面對這個無疑是人類史上最重要的問題，諮商師完全沒有一點遲疑，立刻從永生人心理輔導訓練營發下的講義裡，反問出這麼一句：「那就要看妳所擁有的是什麼，想追求的又是什麼，也因此每個人的答案都不會一樣。」

在張嬸繼續發問前，諮商師遞給張嬸一張紙，上面有一百個選擇題。

「這一百道選擇題，還請張太太先填完，電腦分析後會有精確的報告。」

「好的。」

大家的時間都很多，張嬸耐心地花半個小時填好密密麻麻的百題問卷。

諮商師將問卷放進電腦掃描儀中，機器發出嘟嘟嘟的聲音。

張嬸還真有點緊張，儘管只是一份心理測驗，但對她來說這跟考試沒兩樣，不曉得自己答題答得夠不夠好，分數高不高。

不到二十秒，電腦就列印出一份性格檢測。

「還可以嗎？」張嬸侷促地問。

「從這份問卷的分析看來，張太太的情況是屬於典型的鞠躬盡瘁之他我滿足型。這個類型的永生人非常多，尤其在亞洲社會裡更常見，張太太不必太過焦慮。」諮商師將性格檢測表的結果倒轉，遞給張嬸自己看。

「那是什麼意思？」張嬸有點尷尬。

鞠躬盡瘁應該是個好詞，但整串名詞聽起來怎麼有種「生病了」的感覺？

諮商師微笑，示意張嬸放鬆心情：「張太太，妳習慣對其他人付出，並從中得到很大的滿足感，妳這種型的永生人長期處於滿足其他人快樂的狀態，久而久之變成其他人快樂妳就快樂了，於是妳便忽略了自己、不習慣自己尋找快樂，在妳過世後又無法從感官中得到傳統的刺激與滿足，例如吃、例如喝、例如魚水之歡。在感官並無匱乏的狀態，滿足的手段也變少了，對很多鞠躬盡瘁之他我滿足型的永生人來說都是很大的困擾。」

似懂非懂，張嬸不由自主地點點頭：「……的確啊。」

「張太太，不如請妳說說妳過去到目前為止的人生吧。」

「好的。我年輕的時候都在為孩子的人生而努力，從早到晚都在工作，不工作的時候就關心孩子的功課，雖然假日還是要工作沒辦法帶他們出去玩，但我相信我們母子之間的感情很好，他們都很體諒我這個單親媽媽的苦衷……」

諮商師耐心地聆聽張嬏的過去。

實際上，這些諮商師對解決這些永生人的疑難雜症起不了多大作用，多數只是打發自己的時間。大部分的情況下，前來求助的永生人也不過是想找「專家」開示一下，並鉅細靡遺地聊聊自己的過去、排遣心情。

政府一直保密沒有公開過的統計資料裡，這些長期面對對自己無盡人生感到困惑的永生人的諮商師，申請人道灰飛煙滅的比例一直是所有職業裡最高的一項。原因太多太好想像了。

一個半小時過去了。

張嬏成功地耗掉九十分鐘的人生，而諮商師也成功地打發了九十分鐘。

「張太太，從剛剛到現在，妳都只提到妳的三個小孩跟妳的幾個孫子，卻沒有提到過妳的曾孫……」

「是嗎?也許他們跟我相隔太久，有那個……代溝了吧?」

「當然不排除這個可能。但也有可能，是妳的曾孫在妳的生命歷程裡扮演了不是很重要的角色。」

「怎麼會不重要呢，他是我的寶貝曾孫啊。」

「張太太，妳過世不久後還幫忙帶過妳的孫子，對妳的孫子付出過很多的時間、很多的愛，但妳的孫子的孩子，卻是由妳的兒子跟妳的兒媳婦帶的，是不是？」

「……的確啊。」

「這就是典型的鞠躬盡瘁之他我滿足型的行為感受。張太太，妳對需要妳的人特別有感情，因為妳在他們的身上找到了自己生存的價值，妳的三個兒女在人生的歷程中不能沒有妳，因此妳對三個子女付出最多，對他們的愛也最多。」

「……」

「在妳過世後，妳又馬上從幫忙照顧孫子的生活裡，找到了死後人生的意義——亦即，儘管妳的兒女不需要妳了，但妳還是找到足以令妳不斷持續付出的對象，也就是孫子。」

「但我的曾孫就不需要我了。」

「也許只是需要的形式不一樣了，但，可以這麼說。」

「那我現在該怎麼辦呢？」

怎麼辦呢？

這個當了四十年的諮商師可不是幹假的，立刻搬出熟練到不行的語詞。

這就要看你思考這件事情的角度、這個答案要問你自己、每個人對這件事的看法都不一樣、如何看待它要由你自己的價值觀決定、我想這就是見仁見智的問題了、這就得看你怎麼從中取捨而定了、你看待問題的角度決定了你處理事情的態度、轉換得失的立場會讓你看到事情更多的面向……

這些擁有最大包容尺度的句子，乍聽之下充滿了賢者的智慧，但都缺乏一個充滿力量的指示——很遺憾，都不是張嬸想要的。

「能給我一些建議嗎？」張嬸眉頭皺得很久了。

「從娛樂的角度，可以多看電影，打打麻將，打打撲克牌，玩電視遊樂器。但要持續提昇心靈上的快樂，最簡單的方法就是多看書。我們有很多永生人因為不斷看書、廣泛涉獵上個世紀的經典好書，而得到了心靈上的滿足，迴響很好。」

其實迴響很好是諮商師訓練手冊上的一貫講法，根本沒有實際的統計資料。

「有沒有推薦的書單呢？」

「這就要看張太太妳的個人興趣。」

「我個人……沒有特別的興趣。」

張嬸有點尷尬，其實是完全沒有「興趣」。

於是諮商師從電腦裡下載了政府推薦的永生人優良叢書書單，列印了一份。

張嬸接過，這厚達十幾頁的書單肯定夠讓自己消磨時間了。

「對了，張太太，下個禮拜國際知名的永生人暢銷作家，詹姆斯多納特，會來到台灣演講生命的意義，時間許可的話不妨去聽聽看。書單裡也有很多本推薦書都是由詹姆斯先生所寫的喔。」

時間許可嗎？

時間肯定是許可的。

只是好耳熟的作家，張嬸好像在今天什麼時候，在哪裡聽過這個名字。

「可是我聽不懂英文。」張嬸直覺地說。

「沒關係的，詹姆斯先生已經在旅行的過程中學會十七個國家的語言，全程都會用中文演講。十五年前詹姆斯先生也曾來過台灣，錯過這次，下次想聽到詹姆斯先生演講就得更久了。」

「謝謝，我會考慮的。」

或許，學習各國語言也是打發時間的好辦法？

6

沒別的要緊事，張嬸乾脆拿著書單到附近的書局，一口氣買了十幾本。

回到家，客廳的電視還開著。

主臥房裡不斷傳來爭吵的聲音，張嬸嘆了一口氣，坐在沙發上看書。

張嬸的長子跟長媳住在北投，開了一間生意不怎麼好的花店。長子的大兒子跟他的妻子住在台中，除了養了十七隻貓什麼也不做，整天閒晃。長子的二兒子跟老婆、二老婆早早離婚了，現在跟第三個老婆住在土城開二手衣店。

張嬸的次子跟他的大兒子、大媳婦住在三峽養狗，次子媳則跟她的二兒子、二媳婦住在花蓮永生人行政特區整天看海，偶爾租船在海上瞎逛。次子的三兒子跟他的老婆則在去年搬到台北永和四號公園旁，過著每天吵架的生活。

張嬸的么女與么女婿離婚後，在大陸經營皮革加工廠。么女的長子曾經是職業籃球的明星後衛，是家族裡最有名的人，現在旅居美國，他的兒子也打了職籃，成績卻不出色，後來當了教練反而闖出名聲。么女的兩個女兒感情一直很好，在過世後五十年，一起住在大高雄永生人安養中心度日子。

張嬸排行第一的曾孫移民到美國教書，排行第二的曾孫在大賣場當經理等退休，排行第三的曾孫在當職棒教練，排行第四的曾孫女在設計窗簾，排行第五的曾孫女在會計師事務所上班，排行第六的曾孫現在應該在第二北海道做科學研究。曾外孫同樣浩浩蕩蕩。

就像台灣很多的長者，張嬸輪流到各個子女、孫子家、曾孫子家住，現在輪到跟次子所生的第三個孫子一起住，也就是每天跟老婆吵架的那一個。

張嬸先翻了一下那位備受推薦的作家詹姆斯先生寫的流浪心得書，開頭精采，但接下去的情節就索然無味了。於是放下，又拿起另一本書。

其實也看不下去，因為張嬸聽見他們夫妻倆在房間裡吵架的每一句話。

「什麼想尋找愛情？妳跟我之間難道不算是愛情嗎！」次子三孫大叫。

「算！但那已經是過去式了。現在孩子大了，甚至孩子也死了，我待在這個家也夠久了，我想出去追求屬於我自己的幸福，有這麼難理解嗎？」次子三孫媳吼了回去。

「出去追求屬於自己的幸福？妳當妳在演連續劇啊！」

「我知道你捨不得，但你自己清楚你也不愛我了，你只是找不到其他人去愛，就不准我想辦法去愛別人，也不准我想辦法讓別人愛上我，這不公平！」

「妳愛上了誰？說啊！說啊！」

「我沒有愛上了誰，但我知道，如果我繼續待在這裡，我也不可能重新愛上你。醒醒吧，我對你沒有感覺了，只是這樣，沒有別的理由。」

「但我對妳還有感覺。」

「不，你沒有，你對我沒有激情了，你只是不想承認。」

「我不承認。」

「我們之間已經足夠了，該一起度過的也一起度過了，該一起快樂的也一起快樂了。白頭偕老，我們也真的白頭偕老了啊。我膩了，我們都需要換個人愛，不然眼對眼再耗一百年有什麼意義？」

「……妳就這樣走了，承諾算什麼！」

「承諾不是用來禁錮我們的關係用的！」

「我在問妳，承諾算什麼！妳說要愛我一千年算什麼！」

「我怎麼知道真的要愛一千年！我反悔了行不行！我說話不算話行不行！」

「不行！」

主臥門砰地打開，次子三孫媳氣急敗壞地衝出來。

她看也不看坐在客廳的張嬸一眼就穿鞋出門，還摔了好大一聲門。

次子三孫沮喪地跟在後頭出來，懊喪地坐在客廳。

「奶奶，小佩還是想跟我離婚。」

滿頭白髮與老人斑的他，看起來比張嬸還要蒼老許多。

唉，這種爭吵不曉得重複了多少次，張嬸聽也聽倦了。

「如果小佩想走，就讓她走吧。」張嬸拍拍他的背：「都那麼久了，有什麼不能看開的呢？」

「我知道我知道……可是我捨不得啊。」他捧著臉。如果能哭他一定哭了。

張嬸沒有繼續勸話，只是耐心拍拍他，揉揉他。

過了許久，次子三孫說要出去走走。

□

日夜無別，張嬸繼續在客廳看她買的新書。

這類心靈成長主題的書，不管在哪個時代都賣得很好。

寫心靈成長書的人不見得心靈富足，但心靈不富足的買書人肯定很多很多，於是寫書的人荷包就富足了。荷包富足了，心靈富足的機會就大大增加了——這個關鍵，每一本心靈成長書都不會寫在裡面。

冠冕堂皇的話很多，平庸無奇的大道理也不少。

倒是有一句話問得好——

「請你回想這輩子最幸福的時刻，是什麼時候呢？」

張嫱想了很久，將近一百五十年的時光細細咀嚼了一遍。

她看見子子孫孫一個個學業有成、事業有成、人生有成。找到愛情、失去愛情、賺取財富、失去財富。枝繁葉茂的下一代又下一代又下一代，都是從她一大早醒來催喚著三個小鬼快點起床刷牙的那一幕開始。

但這輩子最幸福的時刻，不就是躺在病床上，三個擁有美好人生的子女一齊在床畔，陪著她，牽著她，看著她慢慢閉上眼睛的那幾個小時嗎？

「但，那個時候我真想看見外孫的出世啊。」

張嫱闔上書，嘆氣：「如果沒有看見外孫的出世，一定很遺憾啊。」

這本心靈成長書最後一頁寫道：

人生，是不可能沒有遺憾的。

但就因為不想遺憾，才有時時刻刻將人生活得更精采的動力。

□

最幸福的時刻已經擁有過了，該滿足了。

一百年了，當然明白兒孫自有兒孫福的道理，卻從未替自己著想過。

沒問問自己喜歡什麼、能為自己做什麼。

張嬸看著手上的號碼牌。

「……再給自己一百年的時間吧。」

7

那些專為永生人寫的心靈成長書，張嬸一本都沒再看過。

埃及的日落有一種壯闊美，張嬸用了十年去感動。

東京的夜，比台北更讓人目不暇給，張嬸用了十年慢慢適應。

北海道的雪景美不勝收，吸引張嬸去排行第六的曾外孫家裡打擾了十年。

在威尼斯永生人帝國永遠淹沒在水底的前十年，張嬸在那裡談了一場戀愛。

號稱擁有全世界最完整永生人福利制度的關島解放死人共和國，張嬸在那裡交了很多新的好朋友，一起搭船到歐洲玩了十年。

第六十年，長子與張嬸在隆布朗特共和國的地鐵大爆炸遺址會合。

「媽，我很想妳。」長子抱著張嬸。

他們一起在大歐洲用腳旅行了十年，走遍了名勝古蹟。

第七十年，次子跟么女也笑嘻嘻帶著行李，突然出現在張嬸與長子面前。

「媽，我們都很想妳。」次子與么女團團抱住了張嬸。

於是他們在澳洲活人絕跡的地帶旅行了十年。

某一個流星如雨的夜裡，四個人圍著營火回憶起以前小時候的日子。

原來老大常常模仿媽媽的筆跡在不及格的考卷上簽名、次子的功課總是沒寫完挨揍、么女其實在高中時就偷偷交了男朋友、大家最喜歡吃媽媽打一顆蛋在剩菜剩飯大火快炒出來的香噴噴宵夜……

有說有笑。

「媽，妳是我們所有人的起點。」么女說。

那夜張嬸明白了，這也是她漫長人生裡最幸福的一刻。

第八十年，長子告別了母親，先行回到台灣與家人相聚。

第九十年，次子告別了母親，再行回到台灣與家人相聚。

第一百年。

這個世界，依舊是既豐富，又寂寞。

么女陪著張嬸回到了台灣，重新認識這個大家族的新成員。

「叫阿祖就對了。」張嬸摸摸剛上國中的小孩子的頭。

這一百年，又一百年。

一百年前跟一百年後的人類世界，在外表上幾乎沒什麼兩樣。

時間依舊考驗了很多事，讓很多專家再度親眼看見他們的預言成了放屁。

沒有可以飛上天的汽車，還是沒有人說得上來要讓汽車飛上去做什麼。

手機也沒有出現立體影像通話的介面。為什麼要？

機器人還是沒有真正的思想。為什麼要？

石油依然是最主要的能量來源。為什麼不要？

複雜的氣候從未被任何科技力量控制過。為什麼要？

當然了，移民火星還是科幻小說裡的夢想，只是完全沒有人寫小說。

癌症跟愛滋病也沒有新的療程或特效藥，尤其愛滋病很久沒聽說過了。

……擁有最好腦袋的科學家都早早選擇了灰飛煙滅，就跟那些藝術家一樣。

□

日子到了，整個家族都來送行。

沒有人哭，沒有人難過，他們都知道這一天終將來臨。

在未來的某一天，他們也會選擇同樣的旅行。

□

號碼牌是今天的第三百六十七號。

張嬸一個一個叫名字，一個一個擁抱，一個一個摸摸頭。

最後在三個孩子的親吻下，張嬸來到人道焚化爐前面。

她微笑。

「媽媽真的很高興，能好好再愛你們兩百年。」

張嬸說完這句話的瞬間，捏著號碼牌的手忽地鬆了。

動也不動了。

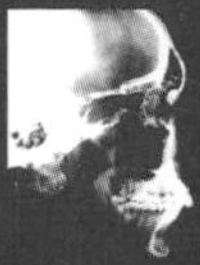

第六章

[火山吹笛人]

上帝是虛構的。
——尼采《查拉圖斯特拉如是說》

自那一把刀插入賽門布拉克的心臟後，整整兩百年。

上帝像是醒了。

還若無其事打了個噴嚏。

某天，夏威夷沉寂已久的火山爆發，規模不大，卻出現奇妙的現象。

在當地為數八百萬個永生人，像是失去意識般朝爆發中的火山前進。

那些失控的永生人花了三天三夜集體灰飛煙滅，場面平靜而壯觀。

某天，菲律賓的馬永火山爆發，數千萬永生人緩步走向灼熱赤紅的岩漿。

某天，西西里島埃特納火山爆發，至少一億永生人走向熔化自己的無言旅程。

某天，美國黃石公園的火山爆發，吸引了三億永生人前仆後繼走向兇暴的火焰。

「火山吹笛人效應。」少數的活人這麼稱呼。

這個名詞被發明出來後，接下來一個月裡，全世界一共有一百座火山爆發。

沒有人覺得恐怖，他們只是下意識地走向它。

一個月以後，火山同時裝聾作啞。

□

一分鐘。

就僅僅一分鐘。

□

吉隆坡，第一百九十九屆「永垂不朽的NBA傳奇盃籃球表演賽」。

現場寥寥無幾的觀眾，看著魔術強森神乎其技一個妙傳給麥可喬丹。

喬丹大跨步閃過布蘭特，又晃過提姆鄧肯，切入單手灌籃得分。

沒有喝采，只有欲振乏力的鼓掌。

「別得意，我們立刻回敬！」波里斯基從場外將球丟給布蘭特。

布蘭特一接球，忽然覺得球怎麼如此沉重。

跑在他前面的麥可喬丹，也恍恍惚惚軟倒。

全場一點驚呼聲都沒有。

□

悠揚的鋼琴伴奏聲中，佈道場上正進行著悼念賽門布拉克的祈禱會。

癡肥的教主先是斥責一百五十年前活人恐怖主義的橫行，作為開場。

掌聲過後，臃腫的教主對現場寥寥數十個教徒做了重大的預言。

「堅持到底的永生人有福了。火山一個接一個爆發，終於印證了我在兩個世紀以前的預言，七大災難中最大的災難終於降臨了。不要害怕，不要恐慌，不要疑惑，我可以感覺到，大光芒上帝正在醞釀一場更驚人的神蹟！十分之一的永生子民啊……我有預感！我有預感……」

說著，他便不說了。

當著眼神呆滯的教徒，他震驚記起了現在這一瞬間的感覺。

依稀，這是疲倦？

□

第一百年，櫥窗裡琳琅滿目、功能繁複的人工陰莖為他帶來巨大的財富。

……卻沒有為醫生帶來過貨真價實的性快樂。

第兩百年，忽然那些假快樂也不被需要了，醫生感到十分困惑。

「還是只有布拉克先生最識貨，是永遠的好客人啊。」

每當醫生想起賽門首次裝上劃時代電子陰莖的燦爛笑容，就感到無比驕傲。

他赤裸著下半身，站在櫥窗前對著上百條人工陰莖精挑細選。

今天晚上醫生申請了人道灰飛煙滅，他想裝一條最滿意的作品走進火焰。

「就你了！」他看著第一條賽門絕品紀念版的、擁有MP3功能的七彩陰莖。

正要伸手出去，醫生打了一個遲到百年的呵欠。

□

烈日當空，萬里無雲。

一輛笨重的大卡車停在一望無際的沙漠中央，百顆死人頭哭天搶地。

「哈哈哈哈哈哈哈哈哈！妄想要灰飛煙滅？求我啊？求求我啊！」

一個裸體瘋子站上大卡車的載貨廂，將一顆又一顆死人頭往沙坑裡踢。

「我把你們埋在沙漠裡，看你們怎麼長腳去灰飛煙滅！」

扛著槍，得意洋洋地抬頭，陽光異常刺眼。

瘋子感覺一股強大的暈眩。

□

永遠存在著選擇。

許多永生人花了兩個世紀的儲蓄，選擇了昂貴的太空彈射，將自己射到月球或宇宙深處，暢快地自我毀滅。這也是詹姆斯多納特最後的流浪。

「再見了，我無法理解的世界。」

詹姆斯躺在高速噴射的太空膠囊裡，看著巨大的藍色星球。

忽然，他感覺到久違的睡意。

□

沒有人知道上帝在想什麼。

將永生不死的權柄無私分享給每一個人，肯定想大幹一場吧？

前面的不死鋪陳彷彿是山雨欲來，後著必定霹靂雷霆。

……現在收拾殘局的方式卻虎頭蛇尾。

火山接二連三爆發過後的一分鐘內，全世界一百八十億永生人也睡著了。

沒有人知道為什麼。

或許過一陣子有些人會大膽提出解釋，並發明新的宗教。
或許過一陣子有些人會努力蒐集理論，並歸納出他們需要的意義。

無論如何，剩下的人得重新打理他們的人生。

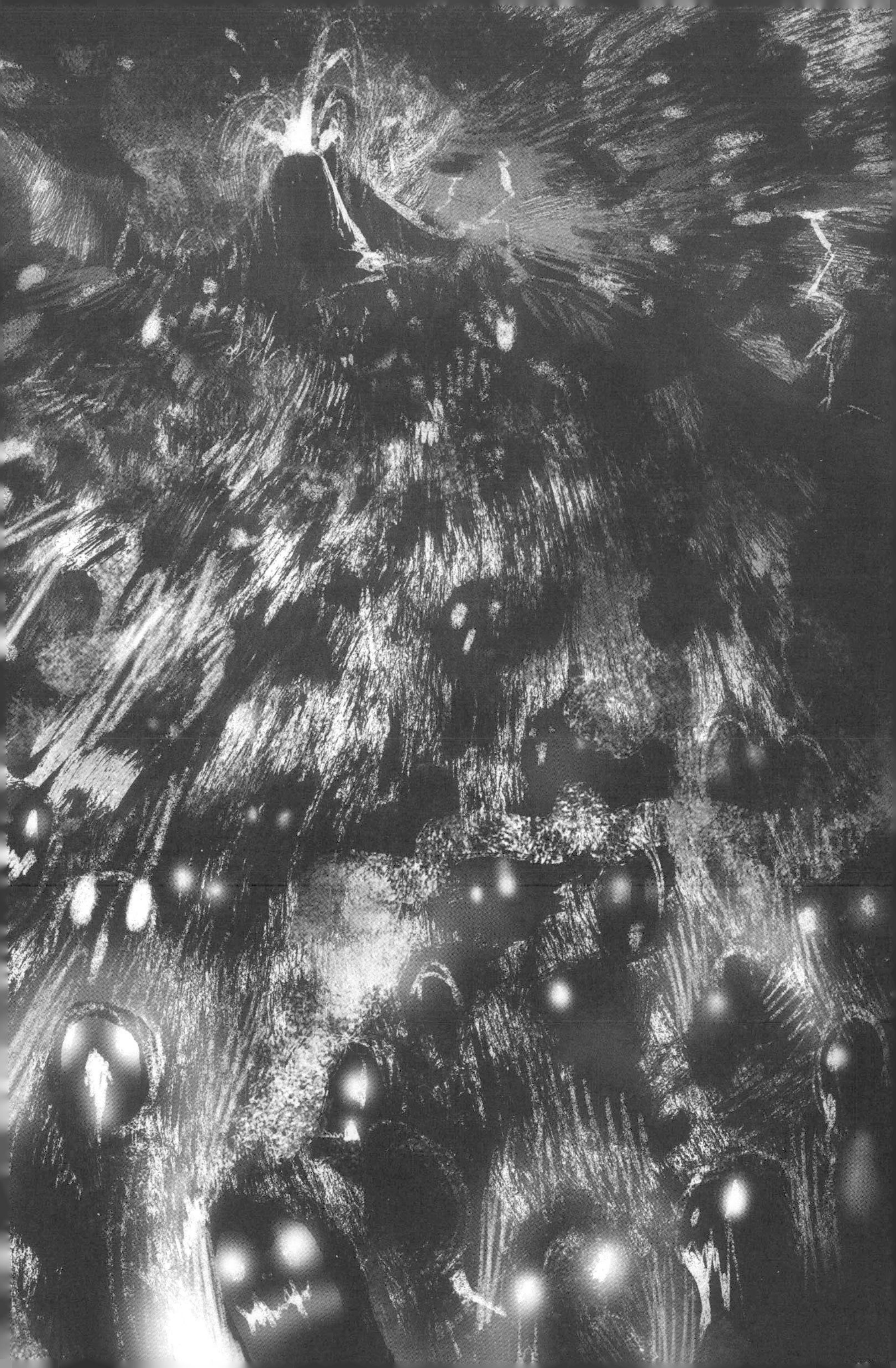

後序

舉杯朝天大笑的十件事

大概在七年前，我寫了一個故事，叫「零時月台」。

我在將零時月台投稿去倪匡科幻小說獎前，很是躊躇，因為第一名的獎金有二十萬，好多，但除了第一名之外的獎金都挺不夠看的。如果沒有得第一名，零時月台在我心中便算是投稿失敗，還不如直接落選。

「別想太多，反正一定是首獎。」我怎麼看，怎麼喜歡這一篇。

評審結果公佈，果然連個屁都沒有得到，失敗中的失敗。

我這個人有個要命的缺點，就是非常喜歡自己的作品，如果評審無法欣賞，那便只是評審跟我的腦波不合，沒有別的解釋，我也不需要任何解釋。反過來，我也不會去批判或質疑評審在想什麼、怎麼沒看出來這篇作品裡的大器呢？

哈，不過是個獎。

幾個月後，我將「零時月台」刪了幾千個字，改投給東海文學獎。這只是個校園文學獎，對手遠遠沒有來稿數千件的倪匡科幻文學獎又多又怪又強，但零時月台照樣敗北敗到爆炸，連同情感強烈的佳作都摸不到邊。

「賽咧，有這種事啊。」我也只能這麼註解自己。

哈，不過是個獎。

比獎更重要的是，好的作品，連原創作者都深深被啟發。

零時月台在我的腦袋深處盤了根，越長越深。

後來有一天，我突然在電腦裡的靈感資料庫寫下這麼一段話：

我無法提供終極的答案甚至是方向。

每個角色的人生狀態都提供了他們不同的感觸與答案。但可怕的是，即使他們發現了自己的生存意義，他們還是不會死。這個結果，顯然不是上帝安排的試題，更接近惡魔的遊戲。一份寫對答案的考卷，並不會得到獎品。

是否，上帝在戰爭中已經敗給了撒旦，才導致今日的局面？

是否這是上帝用來解決人類懶惰的極端武器？

檔案名稱，就叫「社會學大作，屍體復活記」。

往後一有突發奇想，便多寫幾個想法塞在這一段話的後面。

不僅僅於此，零時月台還啟發了很多有趣的孿生作品，至今持續積累在靈感資料庫裡。

未來某一天他們對我性騷擾的話，我就一個一個將他們揪出來。

大約四個月前，我還在二水鄉服役時，著手寫一個計畫已久的愛情故事，也在網誌上預告了那篇小說即將誕生。

我很重視那篇小說，為了應該採取第幾人稱的觀點下去寫比較好感到很苦惱。又，應該從男主角的角度去寫？還是女主角的視野出發？前後我甚至修改了三個版本，改寫了兩次，總算確定了說故事的方法。

當時還很感動自己怎麼那麼龜毛。

我寫著寫著，寫了三萬多個字時，不大對勁了。

由於我將這個故事想得太仔細，什麼時間點會發生什麼事件、重要的對白該在什麼時候被說出來、男主角的過去、女主角最後的決定等等，寫著寫著，竟有種我在執行一份工作細目表的感覺。不是不快樂，而是缺乏挑戰——缺乏挑戰，寫作的樂趣就大大降低了，讓我有種不是在跟自己玩泥巴摔角，而是在「把一件該做好的事好好完成」。

也許我比較貪心吧，我始終不想把寫作當成是我的職業而已，我還想把「我很快樂」的意志貫徹到底。

我說過：「人生最重要的，不是完成了什麼。而是如何完成它！」

把小說寫好、寫得好看，不是現在我最重視的事，而是我在寫小說的時候，能不能一直保持自我挑戰的慾望，有沒有充滿樂趣——也就是，熱情！

所以我斷然暫停了那一篇愛情小說，不寫了，暫時不想寫了。

張三手教授張無忌太極拳時，要張無忌先記熟了太極拳的要旨跟招式後，再要張無忌將太極拳忘得一乾二淨，之後方與強敵對陣。我也應該這樣吧，等到我充滿挑戰的精神後，再重新對陣一次那個愛情故事才能飽滿創作的樂趣。

做出這個決定的當天，我在電腦裡的靈感資料庫尋找想要挑戰的對象，很快，我就鎖定了「社會學大作，屍體復活記」。

我對著它，拚命思考了兩個多小時後，立刻動手。

真是太棒的寫作經驗了。

每個章節的故事，我會想像一個模糊的結尾，就迫不及待開始出發，沿途遇到的風景又會改變我自己的想法、寫法，遇到的障礙我不是攀過去就是鑿過去要不就是繞過去，很有趣，挑戰性十足。

我原本的構想是，每一個新故事，一定要比上一個故事要短，越來越短之下，最後一章就可以順理成章來到我最期待的〈火山吹笛人〉篇（此篇極短，卻最吸引我）。不料，卻在我寫到硬要認琳賽汪達當媽媽那個瘋子時，我不由自主寫了一座小山，破壞了預定的、越來越短的小說格局。

那就……算了吧！也就只好如此了，誰叫瘋狂就是我最熱愛的角色特質呢！

我寫得很快樂。

其實每次看到自己的版稅細目，愛情小說的銷售一向是其他種類型小說的好幾倍。如果我想複製自己成功的經驗去複製鈔票，沒有比一直寫愛情小說更快的方式了。

——但，別人可以，我辦不到。

因為我想要快樂，還堅持要用我自己的方式快樂。

回到這次的故事。

故事裡的活死人或者說永生人，雖然不算是真正的長生不死，但也非常接近了。當人類終於實現這個遙不可及的夢想，卻發現這個夢想跟他們的期待產生重大的差距——那麼，該怎麼辦呢？

人生的意義，究竟是什麼呢？

我很度爛那些專家常常說的：「這件事，就要看你自己囉！」

但很可惜，專家這次的廢話說對了。

要看你是什麼樣的人，你想追求的是什麼——跟你真正想追求的是什麼！

很多人以為自己喜歡跑車，但其實喜歡的是別人覺得你很拉風很有型。

許多人以為自己喜歡創作，但其實喜歡的是創作受歡迎後帶來的名與利。

很多人以為自己喜歡正妹，但其實喜歡的是別人覺得你跟正妹在一起好爽。

——等等！我還是覺得跟正妹在一起很棒啦！哈哈！

到底追求到了什麼，可以讓人生圓滿呢？

一下子就追求到了的話，人生真的就會變得重複繁瑣，枯燥難耐嗎？

我原本沒有蒐集任何漫畫，因為我很喜歡泡在租書店裡打發時間。

某天下午，我在新竹租書店看到海賊王的這一段故事時，在位子上不斷飆淚。

Dr.西爾爾克在雪山頂上，坐在充滿敵意與訕笑的軍隊前，瀟灑地飲酒。

「人……究竟什麼時候會死？」Dr.西爾爾克自問。

「是心臟被槍打中的時候嗎？……不是。」

「得到不治之症嗎？……也不是。」

「那會是喝了……劇毒香菇湯之後嗎？當然不是！」

「而是——被世人所遺忘的時候！」Dr.西爾爾克大聲道：「即使我消失，我的夢想還是會實現。那個東西，一定可以拯救國民生病的心！」

軍隊裡的將軍，多爾頓流下了眼淚。

「你為什麼要哭？多爾頓？」Dr.西爾爾克看著他。

「……國家也可以一併得救嗎……？」多爾頓問。

「那就要看……有沒有『繼承者』了……」Dr.西爾爾克微笑，心中想著。

（放心吧，喬巴，你的香菇殺不死我。）

Dr.西爾爾克舉杯敬天，燦爛大笑！

「我的人生，實在過得太充實美妙啦！」

炸藥啟動，雪山山頂一陣驚天動地的大爆炸！

我看了，很感動。

從此開始蒐集海賊王。

也想像Dr.西爾爾克一樣，在死前舉杯朝天大笑。

電影「一路玩到掛」（The Bucket List）裡面，摩根佛里曼跟傑克尼克遜兩個罹患癌症的老人，列出死前非得完成的十件事，然後瘋狂去幹，不留遺憾。

那麼，我們來模仿那兩個老瘋癲，寫下自己生前一定要完成的事吧！

我的話，嗯嗯……

一、寫完九百九十九個故事，每一個故事都要快快樂樂完成。

二、在採光很棒的窗戶邊有一張大書桌，老婆畫畫，我寫小說，孩子寫功課。

三、到日本觀摩真正的AV拍攝現場！

四、幫助心愛的人實現他們的願望。

五、在非洲大草原上看獅子交配。

六、到真正的冰天雪地裡吃火鍋。

七、幫周杰倫填一首歌的歌詞。

八、成立一家真的有生意的廣告創意公司。

九、作品被改拍成好萊塢電影，九把刀用漢字寫在片頭。

十、完成了以上九件事後，再找十件事再接再厲！

你呢？

不管你列了哪十件事，別以為做完了就沒事幹了，統統都要有跟我一起列第十項的覺悟，畢竟這個世界這麼大這麼好玩，我們在劃掉前九項必做的事時，也一定會遇到更多的好事。

——發現更多的可能！

零時月台

[PLATFORM 00:00]

這個月台沒有白天，時間永遠駐在子夜零時；它的空間是真實的，時間卻獨絕於世間。

DIE HARDER

拿起火柴，劃出淡淡的焦味，點燃指尖上的菸。

我喜歡火柴。

火柴上的火，遠比搖曳在塑膠打火機上的火炬真實得多。

看著從鼻子呼出的煙霧，令我想起好幾年前難忘的經歷。

那一夜，我也是這樣站在火車車廂間，迎著黑夜襲來的涼風，呼吸著指尖上的尼古丁。

□

今晚是值得慶祝的。

當了五年狗屁國會助理，幫魯大哥洗過多少錢、擺平多少工程，總算贏得魯大哥的信任，一切都值得了。魯大哥剛決定要提拔我競選年底的縣市議員，在金援、人脈樣樣不缺的優勢下，勝選可說是意料中事，我期盼已久的問政生涯即將起步！

火車慢慢停了下來，擴音器傳來：「火車在此臨時停車，請您不要下車以免發生危險。」

我抓著扶手，探頭看看車外。

小小的月台，掛著兩盞微弱的老燈，暈著剝落發黃的一切，荒蕪的月台遠處，似乎坐著一個老態龍鍾的等車旅客。

這裡是哪裡？我好奇地尋找月台上的站名。

「零時」兩字，用黑色噴漆寫在生鏽的大鐵板上，令我啞然失笑。

零時？這是哪裡？我怎麼一點印象也沒有？

「嗶嗶。」手錶的整點報時，零時整，還真是應景。

我坐在階梯上抽菸，等待火車啟動。

等著等著，火車依然停在原地，不曉得還要蘑菇多久。

突然間，一個高大的黑影從眼前閃過。

應是從後面車廂走下月台的旅客，那人走到月台上的自動販賣機前，研究機器上的飲料。

我也渴了，於是摸摸口袋裡的硬幣，拿起小皮箱走下火車，踏上老舊的月台。

來到販賣機前，不幸，販賣機似乎沒電了，但令我驚訝的是，販賣機裡面的飲料樣式出奇的老舊，每個飲料名稱我都未見過，我跟另一名旅客不禁好奇地多看了幾眼。

此時火車一震，車門突然關上，我和那人急忙搶步衝向火車，我抓著門把用力一推，平時極易推開的車門此時竟紋風不動。

「閃開！」那人罵道，將我推開。

他用力一扯車門，卻也無法扯動半分。

火車，就這樣在眼前緩緩開走。

現在回想起來，命運就是這麼一回事。

在不適當的地方，發生不適當的事，還與不適當的人在一起。

駛離的火車就這樣改變我的命運。

「幹！」那人嚼著檳榔大罵，憤憤踹著販賣機。

我無奈地抖落菸蒂，拿著小皮箱，尋找應該貼在月台上的車次表；此時我也看清楚那人的樣子：理著小平頭，陰狠的雙眼陷在高聳的鼻樑裡，鬍渣青苔般爬滿他的臉，嘴裡都是紅黑色發臭的牙齒，這顆流氓頭歪歪地掛在高大的身軀上，嘴裡罵著霹靂流利的三字經。

不折不扣，是個流氓。

雖然我認識許多流氓，但他的陰狠眼神卻是極少見，於是我離他遠遠的，在長長的月台上晃著，等著下一班火車。

我翻翻手邊的時刻表，但裡面絲毫沒有「零時」車站的通車資訊，而月台柱子、牆上也沒有時刻表這東西，只有青黑色的不明噁心物質黏附其上，不曉得多久沒好好清洗。

我看著月台外，黑溜溜的山壁蠻橫地擋在月台旁，沒有小徑、沒有睡眼惺忪的站務人員，甚至連個售票亭都沒有。這裡根本不是什麼車站，只有一個埋在荒山野嶺中的月台，一個不被記憶的地方。

這個小小的月台，好像是莫名其妙、突然長在深山裡的顳頊怪物。

於是，我走向坐在遠處等車的旅客，想問問下一班車何時會到，那候車的旅客可是我了解這個地方的唯一線索。

流氓瞄了我一眼，大剌剌地跟了過來。

「對不起，請問下一班北上的車什麼時候會到？」我彎下腰問等候的旅客。

那名旅客很有年紀了，禿著白髮拿著楞杖，穿著藏青長袍，抬起頭來說：「咦？」一臉的驚訝。

我怕這個旅客有老人重聽，於是在他耳邊大聲再問一次。

那老人晃著腦袋，若有所思地說：「也許一年，也許三年，或是十年──明天也說不定。」

流氓聽了大罵：「胡說八道！」

我呢？

我只是愣在那邊，腦中閃過相當熟悉的印象。

那佝僂老人……我好像看過上千次般熟悉？但我居然想不起來這個老人的名字？

那老人頗有興味地打量著我，目光鑠鑠，好奇的眼神裡藏著一股難以形容的威嚴。

好熟悉好熟悉好熟悉……這張臉……

「蔣中正！」

我衝口而出，登時想起那張總是像符咒一樣，掛在每一個求學階段教室的照片。

那流氓呆了一下，說：「好像。」

那老人慢慢點點頭，讚許地說：「年輕人，你很有眼光，國家教育辦得不錯。」

流氓訝異得說不出話，整個腦袋歪歪斜斜地晃著，我卻冷靜下來，為剛剛衝口而出的三個字感到好笑，畢竟這是絕無可能的事。

但這老人真的很像教室上掛著的永垂不朽、英明神武的國家領袖啊！

是整人節目嗎？不，倒像是靈異節目。

應該是長相酷似蔣介石的幽默老人。

或是失智老人。

因為我看見那老人的腳下，拖著一條長長的影子。鬼是沒有影子的。

「年輕人別慌，這裡好久沒有客人了，自己拉把椅子坐下吧。」酷似蔣介石的老人溫吞地說，撐著柺杖，指著一旁的木椅。

昏黃的燈光，頓時被古怪的氣氛困鎖在小小的月台裡。

我坐下了嗎？當然沒有，這老人顯然不是旅客，而是胡言亂語的資深流浪漢。

「反正總有下一班火車。」

我自言自語，又點燃另一支菸，轉身越走越遠，不再理會瘋言瘋語的老人。

流氓見狀蹲了下來，也點了支菸。

兩人無言地看著鐵軌上的小石子。

而那個怪裡怪氣、拿著柺杖的明星臉老人，並沒有走過來騷擾我倆。

零時

我抽著菸，奇怪，菸怎麼沒味道？

想是我太累了，於是我靠在剝漆斑斑的柱子坐下，閉目養神，終於慢慢睡著。

不知道過了多久，我被用力搖醒，原來是流氓。

「喂！」流氓一臉驚惶，說：「天怎麼還沒亮？」

我看了看錶，指針仍僵在零時零刻，我用力甩著錶，指針卻頑固地抓緊零時不動，我的天！我那價值三十萬的名錶居然壞了！

我撐大眼睛看著流氓，說：「過了多久了？」

流氓大叫：「我哪知道！大概有四、五個鐘頭了吧！」

現在正值七月，天應該很早就會亮了，此時天空卻仍漆黑一片。

「你確定過了這麼久？」我說，打了個呵欠，站起來。

這時，一個高大肥碩的人影蹣跚地從鐵軌的遠處走來，手裡還拿著燈籠。

流氓大喜，立刻跳下月台，大聲問道：「嘿！火車什麼時候來啊？」

我也跟著跳了下去。

「老蔣沒跟你說過嗎？也許十年，也許明天就來了。」拿著燈籠的人慢吞吞說。

燈籠的火光映在那人的臉上，是個癡肥的顢頇老人……是個……是個印象濃烈的面孔。

「你說什麼？十年？」流氓大怒，抓著老人的衣領質問。

「住手！」我大叫，連忙拉住流氓，顫抖地說：「這裡很古怪……」

流氓鬆開手，將檳榔汁吐在癡肥老人油光的鞋子上，罵道：「幹！都是瘋子！」

不料，那老人一拳緩緩打向流氓的臉。

流氓甩頭一偏，隨即猛力回了一拳，揍得老人仰天摔倒。

此時那肥胖老人的熟悉面孔撞入我的意識。

我突然想起這張熟面孔的大名，忍不住大叫：「毛澤東！」

流氓本欲踹向那老人，聽我這麼一叫，回頭愣問：「誰？」

那老人得意地整理濺上鼻血的衣領，說：「爺是威震天下的毛澤東，你們這些毛頭小子還不下跪。」

我看著地上酷似毛澤東的老人，胸口一陣翻騰，流氓卻一腳掃向毛澤東的塌鼻，大吼：「老子叫沙仁王，十大通緝要犯榜首就是我！」

「毛澤東」被流氓一腳痛扁在地，我則暗呼不妙，雙頰發燙。

這頭流氓竟然是犯下十幾件擄人撕票案、數起姦殺案的通緝要犯沙仁王！

在這樣人煙罕至的地方遇到這種危險份子，真是莫名其妙的倒楣！

被揍倒在地上的「毛澤東」顯然還不知道自己危險的處境，竟大呼：「來人啊！把他拖出去斃了！斃他十次！」

「斃你媽！」沙仁王大吼，從懷中拿出一把明晃晃的手槍，頂著「毛澤東」肥厚的下巴扣下扳機，霎時腦漿如碎豆花炸出「毛澤東」的後腦勺。

「毛澤東」於是垂著腦袋，一動也不動了。

託魯大哥的福，我跟黑道人物打過多次交道，努力壓抑狂奔的心臟的我，把握住保命的黃金關鍵時刻，伸出手乾笑：「沙哥，久仰久仰，小弟是魯爺的左右手，沒想到在這裡跟你交攀……」

沙仁王斜眼瞪著我，拿著槍逕自走向月台上的「蔣中正」。

擁有蔣介石明星臉的失智老人看見剛剛的一切，卻老神在在地看著暴怒的沙仁王向他逼近。

沙仁王對空又開了一槍，大喝：「老頭！火車什麼時候來！」

「蔣介石」散漫地說：「一年、十年，或是……」

「幹！」沙仁王額爆青筋，一槍將蔣介石的肚子射爛，流出泛黃的脂肪和一綑散亂的血腸。

我嚇呆了，想到等會自己蒼白的命運，雙腳像果汁機般發顫。

但，更令人驚懼的事發生了！

「年輕人血氣方剛的……唉，好好的幹嘛動刀動槍地……」

「蔣介石」不但沒死，還低頭撿起剛剛流出的腸子，胡亂塞進自己的肚子裡。

見鬼了！

難道這裡是幽冥地府?!

沙仁王大駭，想再補上一槍時，竟被一個高大的人影從背後將槍奪下，沙仁王轉頭一看，差點暈倒在地。

那人竟是缺了後腦勺的「毛澤東」！

「毛澤東」拿著手槍指著沙仁王，喝令：「小子殺的人哪有爺萬分之一，快快將鐵軌上的腦漿刮起來，塞回爺的腦瓜！」

沙仁王看著「毛澤東」搖晃著湯匙般的腦袋，腦漿 瓢瓢流出「毛澤東」後腦的破口，嚇得摔下月台。

我呢？

我呆站在一旁，努力將眼前的驚悚異景，平衡進原本秩序井然的思考方式中。

不得了，這裡是哪裡？

這個莫名其妙的月台有兩個酷似死去甚久、曾經叱吒風雲的大人物……兩個爆腦流腸都不會死的特大人物。

不！不是不會死！而是兩條赫赫有名的老鬼！

那麼，這裡是陰間？但我根本還沒死啊！

我瞥了地上一眼，兩老都有影子啊，難道這一切都是夢？惡夢！

只見「毛澤東」拿槍指著我咆哮：「喂！你也下去刮我的腦漿！」

就算是夢也太真實了！我連忙跳下月台，拉住神智錯亂的沙仁王急道：「沙哥！快幫我把他的腦漿塞回他的腦袋裡，不然我倆沒辦法活著離開這裡！」

沙仁王頓時回過神來，停止失禁這種毫無建樹的舉動，瘋狂地將黏在鐵軌上的乳白碎腦刮在手裡，同我一起爬上月台，手忙腳亂把糊成豆花的東西塞進「毛澤東」的後腦。

沙仁王跪在地上，大呼求饒：「大爺！小弟有眼不識泰山，若有冒犯之處還請您多多原諒……」說完，沙仁王使勁磕頭，咚咚咚地磕聲不絕。

我正想要參加這場磕頭大賽，卻聽見「毛澤東」興奮地說：「好好好！那你當我的部下吧！」

話一說完，剛塞完血腸的「蔣介石」突然大叫：「不！做我的手下！」還連忙起身拉住我，厲聲道：「小子！我瞧你人不壞！你當我手下！我命你為五星上將！副總統！」

當鬼魂的手下絕對不智，我眼淚一灑，跪下喊道：「蔣爺爺，在下何德何能當您的御前大帥，您瞧這裡窮徒四壁的，請讓在下回到陽間，每天燒一車子的紙錢給您！」

沙仁王一聽，趕忙附和：「對對！兩人燒錢燒得多些，我家裡還有老母和……」

不料「蔣介石」一枴杖敲在我頭上，大罵：「小畜生敢咒我死！你以為這裡是陰曹地府啊！」

「毛澤東」也勃然大怒，一口江西腔罵道：「兔崽子想死自己去！爺可是活生生的人！」

人？缺了後腦勺的人？

這時，月台上方降下一條粗繩，一男一女的人影攀繩翻落。

一個動人的聲音說道：「幾十年了，卻只是我們第二次客人來訪，別嚇跑人家了。」

說話的，是一個金髮美女，纖白的手腕勾攀著一個英俊的褐髮紳士，好一對璧人。

毛澤東冷笑道：「嚇跑？能跑到哪去？」

我看著那雙璧人，男的俊挺成熟，女的更是豔光四射。

我的天，這兩個人我肯定見過！而這兩個人又肯定不在人世！

我的心臟踩下緊急煞車。

我無力地看著兩個璧人，語氣發軟：「甘迺迪！瑪麗蓮夢露！這究竟是……」

只見甘迺迪紳士地點點頭，夢露則喜孜孜地說：「想不到外面的人還記得我。」

此刻的我不知道臉上的表情是什麼樣子，也不想知道。

今晚不知道是運氣太差遇到這麼多鬼，還是運氣太好遇到這麼多中外名鬼？

沙仁王大概瀕臨崩潰，張大嘴，全身盜汗，他多半以為自己壞事做盡，猛鬼勾魂來了。

甘迺迪一口流利的華語：「老蔣，好不容易來了客人，你們別忙著搶部下，好好介紹介紹這奇妙的月台吧，他們可要跟我們一起度過好些日子呢。」

蔣介石拄著枴杖，與毛澤東相顧一眼，嘆了口濁氣，兩人坐在候車座上。

沙仁王擦著額頭的冷汗，說：「要是太麻煩就不用說了……」

蔣介石白了沙仁王一眼，說道：「這個月台沒有白天，時間永遠駐在子夜零時；它的空間是真實的，時間卻獨絕於世間。」

甘迺迪接口說：「在這裡，因為時間被月台奇異的磁場鎖死了，所以我們不會老，生命也不會消逝，一切都是永恆的。」

夢露甜甜一笑：「美麗也是永恆的。」

時間停滯的月台……簡直是影集「陰陽魔界」裡才會發生的怪故事！

我低頭看著手錶：時針、分針、秒針重疊在零時的位置。

零時車站，零時時間。原來我的名錶並沒有壞。

儘管這一切如此玄幻，但靈異的事實攤在眼前，我也只能擁抱它。雖然中槍不死的老人並沒有比鬼怪好到哪裡去，但至少比遇到真的鬼怪要好得多。

我全身發冷，靠在柱子上慢慢坐了下去，沙仁王則依舊大磕其頭，唯恐漏磕一次。

我將臉埋在大腿中，卻又忍不住看著這些該死未死的大人物。

這麼多歷史名角齊聚在台灣這小小的詭異月台上，究竟為了什麼？他們口中時間靜止的特殊空間，可以讓他們不死不老。但，他們風雲了一生，還需追求永恆不滅的生命？是貪心？還是逃避著什麼？

蔣介石似乎看穿我的思緒，說：「小鬼，你相信地獄的存在嗎？」

我本是無鬼神論者，但此時世界上所有的怪異傳說似乎都變得極有可能，我不禁點點頭。

毛澤東冷笑：「相信？老蔣不只相信，還看過地獄。」

蔣介石低著頭，碎碎唸道：「當年抗日期間，張學良在西安秦皇陵，發現地獄十八個時空入口之一，以及許多關於地獄世界的秘密，於是假裝挾持我，留我在西安，以便我親自在西安參詳地獄的刑罰制度等等，唉，地獄的恐怖你們是無法體會的。」

「什麼？西安事變是？」我啞然。

「等等！地獄是怎麼一回事?!」沙仁王不安道。

地獄是作惡多端的沙仁王必須關心的課題。

毛澤東陰惻惻地說：「別急，有一天你一定會知道的。」

沙仁王聽到這裡，眼淚都快流出來了，絲毫沒有一點大壞蛋應有的霸氣。

蔣介石沉重地說：「簡單來說，要是你害死一個人，不管是不是你親自殺了他，那死者的冤魂都會在地獄裡迎接你，將你剝皮煎骨、挖眼掏心、抽腸凌遲，直到死者冤氣消散重又投胎，你才能從地獄中解脫，展開新的輪迴。你可知道我躲在一旁，親眼見了地獄的恐怖後，心中那股翻騰不已的苦澀與煎熬嗎？」

我默默聽著，夢露拿了張木椅示意我坐下，我搖搖頭，縮在柱下。

毛澤東神情困頓地說：「有錢能使鬼推磨，老蔣重金請來茅山異士，大燒紙錢賄賂了往來地獄入口的鬼差使者，問出平均一個怨靈折磨犯人的時間。操你娘，竟有三年之久！」

蔣介石繼續說道：「我砸下數千兩黃金大洋，託鬼卒偷偷抄了份等待我的冤魂名單。我的媽呀，竟多達九十一萬隻鬼，我算算，等我死後，居然要在地獄中受苦兩百七十三萬年之久！這還是我到台灣之前的數目！」

沙仁王一驚，急算死在自己手下的冤魂數目，慘道：「8乘以3，幹！我要待二十四年！」

毛澤東擦掉青綠色的鼻涕，黯然道：「要跟爺比？爺中了老蔣的奸計，生死簿上記了爺一筆六千一百四十萬年的刑罰呆帳，都怪大陸人口太多，隨便搞個文革、生產運動什麼的，就死了千百萬人。」

我開始進入狀況了。

這兩個揹著千萬條命債的大魔頭，為了要逃避地獄無盡的懲罰，不知道用了什麼方法手段，竟找到這個時間靜止的特殊地帶，蓋了個簡陋的月台隱居，以逃避應該經歷的死亡，逃避地獄裡依舊等待他們的索命厲鬼。

但甘迺迪跟夢露跑來這裡做什麼？我看著他倆。

蔣介石看著手中的枴杖，繼續說道：「我發現地獄的存在與秘密後，驚恐之餘，便命令我最信任的特務頭子，戴笠，火速趕來西安，交託他史上最艱鉅的任務——找出長生不死的方法。」

戴笠，這人我知道，此人掌握國共兩方特務的機密情報，精於各種間諜戰，奸詐狠戾，是蔣介石的得力左右手，但戴笠卻在國共關係最緊張的時候，「意外」死於南京上空的空難，也留下許多陰謀論。部分歷史學家懷疑是蔣介石害怕戴笠的勢力威脅到自己，所以密令炸掉戴笠乘坐的飛機，也有人懷疑是美國中情局下的手，因為戴笠的爪牙甚至滲透到美國的情治網，令美國中情局局長胡佛心生畏懼。

沒想到，戴笠竟接下了這個不算新鮮、卻極其艱鉅的任務，就如同徐福為秦始皇揚帆出海一樣。

蔣介石面無表情地說：「戴笠費盡心機，花費不貲，找來上千個堪輿師、占星師、藥草師，卻對找出長生不死的方法一點進展也沒，倒是花錢花得挺痛快，我一怒之下，便將戴笠跟他的座機化為一團火球，心灰意冷地等待地獄的審判。」

但你們四個該死未死的大人物能坐在這裡，想必最後還是找到了途徑。

「那你們是怎麼找到這個怪地方的？」我問；知道他們並不是孤魂野鬼後，我心中的懼意去了大半。

我看著甘迺迪與夢露。

推算起四人「在歷史上的假死亡」時間，應當是夢露、甘迺迪、蔣介石、毛澤東這樣的流程，所以應當是夢露與甘迺迪先來的。

「是零時組織。」夢露笑說。

「零時組織？」我疑道。

「零時組織的存在，恐怕是世界上最秘密的秘密。」甘迺迪說：「關於零時組織是誰創立的？存在了多久？組織成員招募的方式？這麼多年來我們始終不知道，只有模糊的猜測。」

我聽得一頭霧水，沙仁王更是丈二金剛摸不著頭。

蔣介石似乎對我們兩個新人的迷惘感到滿意，他說：「就在我萬念俱灰後，有一天，我的秘書交給我一封署名給我的怪信，信中開宗明義詢問我是否希望得到長生不老的機會，若願意，明天請在深夜零時開放府邸的門禁十分鐘，將會有一個拿著黑皮箱、穿黑西裝、戴黑眼鏡、穿黑皮靴的神秘業務到我的辦公室跟我商談，屆時我若符合條件，將擁有不老不死的永生。」

零時組織顯然不是胡吹大氣的斂財公司，因為老蔣現在真的不老不死地站在我面前。雖然他的肚子破了個大洞。

「當時府邸戒衛森嚴，我害怕遭到日寇跟毛匪的暗算，所以居所格外小心，說不定這封信只是敵人的誘餌。但，我卻更恐懼錯失永生的機會，當晚還真開放十分鐘的府邸門禁，讓一個全身漆黑的怪人走了進來，坐在我的辦公室裡。」蔣介石回憶道。

「沒錯，我的情況也差不多。」甘迺迪在一旁說。

「你奶奶的，爺也是一樣。」毛澤東喪氣地說。

蔣介石繼續訴說陳舊的故事：「那怪人是個東方人，沒有多廢話，直接質問我有沒有符合他們公司的條件。」

「符合什麼條件？」沙仁王非常關切。

「五億美金。」蔣介石淡淡說道。對一個冀求逃過地獄苦刑的人來說，五億美金的確不算什麼，尤其那個人還是一國元首。

「在當時，五億美金可是筆極不得了的巨款。我不是不肯付，但話說回來，我怎麼知道是真是假？你們公司到底是什麼東西？以為我真會信了你們不成？」蔣介石說：「我就是這麼問怪人，那怪人一臉的十足把握，簡單地跟我宣稱，他們公司已經找到一個奇異的空間，在那個特殊空間裡，時間是靜止的，空間內卻是自由的，是個時空不對稱的磁場，既然時間是靜止的函數，所以肉體是完全不滅的。但那怪人又說，進入磁場的條件很嚴格，所以必須事先規劃好一段時間，希望我可以在磁場附近等待天時地利。而那個磁場，就位於南方的小島，台灣。」

「就這樣你就信了？」我問，這種說明未免太不可靠。

「要是你看過死後的地獄世界，你不得不孤注一擲。」蔣介石嘆道：「況且，那個怪人還當場展現了神奇的技術。」

「什麼技術？」我問。

毛澤東打岔道：「他拿出一個玻璃盒子，跟爺要了一根點燃的火柴棒，然後把火柴放在玻璃盒子裡，那玻璃盒子是絕對的密封，爺試過了，但那火柴卻一連燒了二十分鐘還不熄。」

蔣介石點頭說：「就是這樣，那怪人用了特殊的方法，將玻璃盒子裡的時間給靜止了，所以盒子裡的火柴燒個不停，我親眼目睹，又自己抓了隻將死的小白鼠放了進去，那白鼠卻一點死態也沒，動個不停，我不由得不信。」

我聽得一愣一愣的，真是神秘的玻璃盒子。

「所以，我散盡對付共軍的財力，草草結束無關緊要的中原大戰，帶著殘軍敗部來到小小的台灣島，就為了就近等待零時組織的安排，讓時空大門為我開啟。」蔣介石幽幽地說。

毛澤東在旁恨恨道：「爺當時還以為打了大勝仗，沒想到是老蔣故意把中原讓給爺，害爺糊裡糊塗搞了好些運動，弄死了一堆人。」

蔣介石一陣劇烈的咳嗽，才繼續說：「後來我們才慢慢知道，這個跨國的神秘組織『零時』，不僅向各國有名的屠夫領袖宣傳地獄的事實，更藉此推銷零時月台的好處。獨裁領袖無不趨之若鶩，努力搜刮民脂民膏，為的就是支付零時組織進駐此月台的費用。你知道嗎？你們這樣誤打誤撞進來實在非常幸運，一人省下一百億美金的單程票，有些非洲窮國的獨裁者根本付不出來，只好下地獄去。」

「現在漲價到一百億美金啊！」我驚叫。

沙仁王喜不自勝地說：「真的？我真幸運！我可以一直待在這裡嗎？」

甘迺迪笑著說道：「你願意的話，留在這裡也沒人趕你走，不過要離開卻是問題重重。」

我對留在這個鬼地方一點興趣也沒，忙問：「有什麼問題？」

毛澤東一巴掌打在我臉上，罵道：「說了這麼多次，小兔崽子還是聽不明白，下一班停在這裡的火車也許明天就到，也許是二十年後才到，這個時空切換的奧秘連爺都一知半解，兔崽子只能靠運氣了。」

我心都涼了，沙仁王卻依舊滿臉興奮。

「習慣就好。」夢露頑皮一笑，同甘迺迪抓住繩索攀向月台上的屋頂。

夢露向我招手示意，邀我一起沿繩而上。

我看了看月台上兩個橫行一世的魔王，再看了看大呼幸運的通緝犯，我立刻攀繩而上。月台屋頂視線極好，星斗懸滿夜空，甘迺迪摟著夢露躺在屋頂上，示意我一起躺下。

我拘謹地坐在一旁，問道：「我覺得很奇怪，我能理解毛蔣兩人為何要來到這裡的原因，但，你們兩個為何要到這個永生不死的地方？」

我看著身旁這對佳人，猜想是否是因為甘迺迪為了要甩開妻子賈桂琳，與情婦瑪麗蓮夢露長相廝守才詐死逃出世間。

夢露的眼神綻放感激的光芒，看著甘迺迪說：「這一切都是小甘為我所作的犧牲。」

甘迺迪撥弄著夢露柔美的金髮，笑說：「在古巴飛彈危機前三個月，我得知夢露罹患了離奇的致命怪病，偷偷安排了好幾位醫生診斷都沒用，在我震驚與傷心欲絕之際，我想起了前總統杜魯門交給我的秘密檔案；我立刻打開檔案，找出聯絡零時組織的神秘方法，該組織在接到我的請託後，立刻就安排了夢露假死、與一年後對我的假暗殺，將我倆一前一後地送到台灣這個小月台，延續我們的愛情。我跟夢露還比毛蔣兩人早了十二年進來呢！」

夢露眼中泛著淚水，嬌憐地說：「小甘為了我的病醫不好，放棄了崇高的總統權位，跑到這裡跟我守著這小小的月台、度過數十年黑夜。他說要是我的病醫不好，他也活不下去，直到有一天外面的醫術大大進步了，他才要帶我出去就醫，兩個人真真正正白頭偕老，牽著手死去。」

我看著身旁曾是美國最具人氣的總統，登時感到羞愧與渺小。他勇於為了摯愛遠離世界上最尊榮的權力，我卻為了一個小小的議員席次，經年為立委魯大哥做盡壞事……

甘迺迪忍不住又說：「零時組織真的很厲害，我跟那怪人聊過兩次，他們不但擁有從獨裁者那邊接手過來的鉅額財富，不斷投資後積聚的財富更翻了好幾倍，還在各國政府與媒體間廣佈關鍵人物，是故他們能一手遮天，安排大明星詐死，安排美國總統的假暗殺，甚至製造出完美的假屍體取信社會。像樓下的老蔣就有一具假屍泡在福馬林裡，別人都以為他屍骨未寒呢。」

我大感興趣，忙問：「那貓王真的死了嗎？李小龍呢？你剛剛提過零時組織的檔案是杜魯門交給你的，那他人呢？」

甘迺迪哈哈大笑：「我在這裡沒看過貓王跟李小龍，但誰知道零時組織是否找到另一個時間停止運轉的磁場，把他們藏那裡？至於杜魯門，他以前跟我提過，因為他命令軍方在日本廣島、長崎投下原子彈，造成巨大傷亡，因此零時組織建議他買下一席月台票。但杜魯門也真夠硬氣，他說他投原子彈投得心安理得，他打心底相信他會上天堂、不會下地獄，於是拒絕了零時組織的邀請。至於他把檔案交給我，是警告我行事務求心安，畢竟地獄是很駭人的。」

夢露捏著甘迺迪的臉頰道：「因為小甘跟我不是害怕下地獄才來的，零時組織覺得很感動，加上小甘成功解除危及數億生靈的核子大戰，所以破例只收幾千萬美金的工本費意思意思就好。」

我訝然道：「零時組織很感動？」

甘迺迪哈哈大笑：「看來是這樣的。」

夢露點點頭，說：「不過這裡什麼都不會改變，無聊的程度不是你能想像的，本來這裡還住了蘇聯頭子史達林，但在好幾年前，史達林就因為受不了一成不變的生活，所以在難得的機會下，搭著誤闖進來的運煤車離開月台。以後你就知道為什麼了。」

□

我不是個嚮往永恆的人，更不是笨蛋。

只過了一個月，我就知道前蘇聯的共黨頭子為什麼離開月台了。

說是一個月，其實不是精確的說法，嚴格來說這裡的時間卡死在子夜零時零秒，只有無窮的黑夜。

還有足以殺死一切的無聊。

有多無聊？

無聊到甘迺迪、夢露自然學會了華語，老蔣跟毛主席也說得一口漂亮的英語。

然而，大部分的時間中，老蔣不是看著自己的枴杖發呆，就是在座位上流淚，再不就是坐在死對頭旁發癡，碎碎低語。

毛澤東是個過動兒，老愛提著燈籠沿著鐵軌亂逛，自稱是在巡視他的領土。不過毛主席把更多時間花在埋怨他的宿敵上，臭罵老蔣設局將大陸拱手讓給他，這樣一成不變的臭罵顯然已持續幾十年。

至於沙仁王，迫於兩個過氣魔頭的假威嚴，只好輪流當起兩人的手下大將，不久就學會一身諂媚阿諛的本領，每天都要磕上好幾百個響頭。

「為什麼零時組織不擺一些麻將、象棋、紙牌之類的東西進來？」我問。

「本來是有的，但後來被天殺的史達林偷偷帶走，簡直是故意整人！搞精神謀殺！」毛澤東恨道。

「後來零時組織竟完全不理會我們的需求，他們說只要我們死不了就行了，王八蛋！」蔣介石大罵。

沒有娛樂的玩意兒，也沒有雜誌報紙，更沒有二十世紀最重大的發明：電視，這個月台宛若禁閉房。

在月台虛無的歲月中，唯一的娛樂就是說話。我大部分的時間都待在屋頂上，當這對親密愛人的電燈泡，同他們說說外面世界的樣子。

夢露最喜歡聽到自己仍是當代最被懷念的豔星，雖然我對她了解不多，但也胡亂編了好些追思活動讓她開開心；而甘迺迪聽到自己的死亡依舊是歷史的大懸案時，也得意地開懷大笑。

有時候為了讓小倆口獨處、做那愛做的事，我才不甘願地爬下繩索，看著兩個幾近癡呆的老人圍著沙仁王鬼扯自己的豐功偉業，我發覺我念的近代歷史有一半都要改寫。

——寫成兩個自大狂的演講稿。

□

在幽暗的月台裡，陽光已成為遙遠記憶中的奢華享受，長期不見天日的結果，使得我老提不起勁，精神渙散萎靡。甘迺迪說這樣的病態很類似北歐某些日照不足國家季節性的憂鬱症，不過疾病現象實際上已隨著時間被凍結，我的毛病多半是心理因素吧，所以過幾個月就能完全適應。

但一想到需要「過幾個月」才能完全適應，我就會抓狂大叫，因為我一天也不想多待。

寫到這裡，我該解釋一下為何我不出走月台的原因。

好幾次，我沿著鐵軌想走到時間運行的正常世界，卻在距離月台大約十五公尺處撞到無形的氣牆，無論我怎麼推怎麼踹，都闖不出黑夜與零時的獨裁，我沿著氣牆繞著走，發現氣牆環繞著月台四周十幾公尺，霸道地將我困在裡頭。

於是我扒土掘道。

甘迺迪跟夢露也來幫我的忙，我們硬是掘了十多尺深坑，卻依舊在土裡撞牆。

月台徹底被時間排除在外，壁壘分明。

我常常看著遠方的鐵軌，等待著不知何時來到的暫停火車。

有時火車來了，卻只是匆匆經過，放著我在後頭聲嘶力竭地哭喊。

「那零時組織的人當初怎麼送你們進來的？」我臭著臉。

「他們騎腳踏車載我們進來的，他們似乎擁有特殊的裝備，可以控制時間短暫的流動，所以匆匆送我們進來後，便又匆匆地走了。」甘迺迪說。

「他們上次進來已經是好幾年前了，大概是最近沒什麼國際屠夫吧。」夢露說。

「我的天，原本我還指望零時組織的人進來的時候，可以順便帶我走。」我難過極了。

伊拉克的屠夫海珊不知道要多久才存夠錢來這裡？

甘迺迪告訴我，除了可以控制短暫時間的零時組織外，這裡的磁場只有當正常世界的火車，在零時零分零秒暫時停車在這月台邊時，月台的時間才會跟外面的世界短暫接合，空間才會衝破時間的「動／靜」，此時車上的旅客才有倒楣的機會下車，我也才有機會登上火車離去。

我只好等了。

還好在這裡不會餓、不會渴、當然也不用便溺，生命的機制隨著時間的凍結完全停擺。我抽著菸，卻聞不到尼古丁的香味，也好，讓我快速有效的戒了菸，雖然在這裡就算得了肺癌也死不了。

我向二老詢問上一次火車進站的時間，他們說印象很模糊了，只記得上次來的旅客是個來台灣旅行的香港作家，不過那作家極其幸運，只待了幾天就等到下一班火車離去，他臨走前非常興奮，還大呼這是畢生難得的經驗，令他靈感泉湧不已。

聽二老殘破記憶的描述，那人似乎是享譽亞太的科幻小說家，一個極少數以寫作致富的大作家。

但我可沒那作家好運，我夜復一夜等待著突破時空偶然的火車。

也看著一枚不定時炸彈，終於在寂寥的月台爆發——

那枚炸彈叫做沙仁王！

□

在認清了二老早已萎靡的事實後，沙仁王終於厭倦擔任五星上將跟副總統的日子；有一晚（當然），沙仁王發狂般衝向毛澤東，挨了兩槍後奪回手槍，大吼宣佈自己是月台的君王。不過此舉搞得長期坐大的二老很不開心，老蔣生氣地用枴杖刺向沙仁王，卻令自己的左眼被沙仁王開槍射中，從此變成獨眼龍。

在無聊透頂、免吃省喝的月台待了一個月多，沙仁王脾氣暴躁異常，比原本的他更加殘暴，他仗著年輕力壯又有槍，時常沒來由地朝兩魔頭拳打腳踢，把原本身體就極衰微的二老揍得毫無尊嚴。

不僅如此，沙仁王還把毛主席的鼻子割了下來，再朝蔣介石的脖子開了兩槍，轟得蔣介石身首分離。最後蔣介石只好用皮帶勉強纏住自己的頭顱跟脖子，以免腦袋被沙仁王當球踢。

狂傲一世、血洗千萬人的兩魔頭，逃得過百萬年的地獄苦刑，卻自己困鎖在破敗的月台上，整天被一個地痞流氓痛扁，也真是報應不爽。

但沙仁王的邪惡卻不僅如此。

零時月台可以凍結運轉的時間，可以隔絕兩個世界的接觸，卻無法阻擋人性的敗壞。

過了兩個月，沙仁王脫下自己的褲子，拿著槍爬上月台屋頂，喝令甘迺迪跟我跳下月台，看樣子是要強姦夢露！

在這個月台上沒有死亡的憂慮，連痛覺也隨著時間消失在神經裡，但一旦走出月台磁場，身上積累的痛苦必會發作，致命的傷將會奪走生命，這對等待醫學發達的甘迺迪與夢露來說，沙仁王的槍足以毀滅兩人白頭偕老的夢想！

於是，夢露哭著要甘迺迪快跳下屋頂，但甘迺迪憤怒地向沙仁王咆哮，靠在繩索邊不肯跳下。我眼看沙仁王瘋子般的脾氣就要發作，趕忙跳下月台用英語請求二老踩著我的肩膀上屋頂幫忙。

誰叫沙仁王平時太愛亂揍二老，故二老沒多想就答應了，立刻踩上我的肩，衝向正要非禮夢露的沙仁王，沙仁王第一槍命中毛澤東的肩窩，第二槍轟掉蔣介石的心口後，立刻被我們聯合壓倒，甘迺迪趕緊奪下手槍，朝沙仁王的鼠蹊部開了一槍，精血四濺。

「別光顧著自己開心！」老蔣樂得大笑，搶下甘迺迪手中的槍，朝沙仁王兩臂各開一槍，再轟掉沙仁王兩腳膝蓋，四槍下來，沙仁王的四肢被子彈斬離身體，眾人一陣忙亂，將血肉模糊的淫賊丟下月台。

兩個身軀殘破的老魔王看著再也無力反擊的沙仁王大笑，我想他們一方面是因為痛宰這個瘋狂流氓狂喜，但另一方面，卻是因為做了生平罕見的見義勇為而開心吧！

甘迺迪招呼我幫忙，把蠕蟲般的沙仁王丟到月台後面的大甕裡，我好奇地往大甕裡看，發現大甕裡還塞了個半死不活的「屍塊」。

甘迺迪蓋上大甕的蓋子，壓上塊大石，解釋說：「那是柬埔寨的屠夫，赤柬領袖波布，他付不出全額，只能拿出幾十億與零時組織達成協議，自願被斬成十八塊放在大甕裡，波布的意思是：反正在月台感受不到痛苦，總比下地獄好。」

我沒空同情自願被剁成十八塊的波布，總之沙仁王被塞進大甕後，月台的確和睦多了，兩個整天癡呆閒晃的老人也免受侮辱。

□

過了好久，我依舊守在清冷的月台等待命運向我招手，也耗了很多時間跟老蔣兩人談天，逐漸了解他們內心的後悔與苦痛。

老蔣發誓，要是此生重來，他絕不搞特務暗殺，甚至願意當個小人物平凡一生，就算光榮地戰死沙場也不錯；毛主席送了千萬條人命，他雖不願承認自己決策錯誤，但從他寂寥的眼神中清楚可知，他心底其實充滿了濃厚的矛盾與掙扎。

我開始同情他們。

這兩個老傢伙即使免於地獄萬年期限的懲罰，卻自己套上無窮無盡的枷鎖，在空無一物的老月台上過著毫無意義的生活，追悔往日沾滿鮮血的日子。

這不就是另一個地獄嗎？

□

私下，躺在月台屋頂上，我也曾偷偷問甘迺迪：「小甘，你說零時組織是不是外星人啊？」

甘迺迪微笑：「很有可能喔，這麼神通廣大，又知道時空轉換的奧秘，說他們是外星人也不無可能，也有可能是搭著時光機穿梭歷史的未來人類吧。」

我搔著頭問：「不管是外星人還是未來人類，你猜，零時組織的目的是什麼？他們只是為了賺錢？如果說零時組織真的是外星人集團，那外星人要錢做什麼？未來的人類要古代的錢做什麼？」

甘迺迪頗有興味地看著我，說：「這個問題我跟夢露談過幾百次了。」

我好奇：「喔？你們怎麼想？」

甘迺迪的眼珠子滴溜溜地轉，說：「也許，這個世界上並沒有地獄的存在，一切都是零時組織安排的計謀。我猜的，不作數，你可別告訴老蔣他們。」

我點點頭，說：「我也這麼想過，真是英雄所見略同。」

甘迺迪愉快地說：「當年張學良帶老蔣去西安看的地獄，八成是零時組織跟張少帥套好的陷阱，根本沒有所謂的地獄，那個地獄是逼真的贗品，可惜我沒能親眼見識，只能臆測。」

我接下去說：「也許零時組織的最大目的，是囚禁這些視人命為草芥的霸王，騙他們將自己困在這什麼都沒有的鬼地方，用無聊逼他們發瘋贖罪。換個角度想，這也許不比地獄好多少。」

甘迺迪莞爾：「我想，這世界上有沒有真正的地獄，也許零時組織也不知道，可能有，可能沒有。有地獄的話當然最好，但要是沒有地獄的話，壞人不就沒有最終的懲罰了嗎？如果基督信仰中的最後審判是虛幻的傳說，那麼一切善惡果報，都在短暫的一生中被權力的蠻橫所掩蓋，手無寸鐵、無錢無勢的黎民百姓所期待的因果報應永遠不會兌現，這不是很不公平？很不正義？」

我幻想：「你說得有道理，說不定零時組織是個秘密的正義聯盟，或是熱心過頭的外星人，他們害怕做壞事的大壞蛋得不到應有的懲罰，所以費心找到、或製造出這個無聊到不行的地方，把這些壞蛋統統關在裡面。」

甘迺迪哈哈大笑：「結果不但關了壞蛋，還關了愛情的囚犯，還有一個倒楣的旅客！」

我嘆口氣：「真倒楣到家。」

□

道別的日子終會來臨，只是機率的問題。

要不，是海珊先存夠了巨款，零時組織送海珊進來時我巴著零時組織出去。

要不，就是我的運氣駕到。

在一個偶然中的偶然，一輛快要淘汰的老舊平快列車停靠在月台邊，我趕忙跳下屋頂，含著眼淚揮別不捨的二老，屋頂上的愛侶也為我唱著驪歌，我就這樣搭上通往正常時間的列車，怎麼來，怎麼走。

我站在車廂間，看著月台漸漸變小、變小……

就像虛幻的夢境一樣，慢慢又埋在不知名的荒山野嶺間。

後來我才知道，原來我在月台已經待上一年半之久。

在這段時間裡，我被列為失蹤人口，老媽整天求神拜佛盼我回家、女朋友嫁給更有前途的政客、工作丟了、議員選舉也錯過了。改變不可謂不大。

但改變也意味著轉機。

我懷念在月台的日子，雖然我一點也不想重來一次。

月台的經歷並非偶然……沒有什麼事是偶然的。

那是命運賜給我的奇異禮物，我珍視這經歷帶給人生新的機會。

我放棄了從政的不歸路，投向廣告設計的懷抱，不管地獄是否真的存在，只因為我看過畏懼地獄的深悔眼神。

然而，事情沒有就此告一段落。

□

不平凡的緣分，不能有平凡的結束。

緣分的奇妙之處，就是它永遠令人捉摸不定。

在離開零時月台後的第四年，我趕完廣告文案，搭乘夜班火車北上時，火車恰恰在零時暫時停車。

真巧？

我站在車廂間發愣時，突然，兩個熟悉的人影跨上火車，衝到我身邊。

你猜是誰？

當然是月台屋頂上的老友。

他們看見我時驚異萬分，但隨即與我擁抱在一起，與我哈哈大笑。

夢露挽著為她放棄江山的甘迺迪，甜甜地說：「小甘決定試試現在的醫術了，另一方面，我們想看看外面的世界，看看久違的日出，就算死了也不後悔。」

我擁抱著兩人，瞥眼看見月台上兩個孤單又熟悉的身影，正向我點頭示意。

他們依舊忍受著寂寥。

「又見面了。」我輕聲說。

我將皮箱裡隨時準備好了的紙牌、與當天的報紙丟在月台上，看著兩老漸漸遠去。

夢露兩人同我在台北下車後，就消失在霓虹夜色中，繼續他們的愛情故事。

「不在乎天長地久，只在乎曾經擁有。」

夢露臨別時的感嘆，後來成了我令人讚賞的廣告文案。

如果有一天，真有那麼一天，你搭的夜車在零時臨時停車時，如果你碰巧下車晃晃……

別忘了替我向老朋友問聲好，說聲晚安。

DIE HARDER
拼命去死
NATIONAL BESTSELLING AUTHOR OF "KILLER"

國家圖書館出版品預行編目資料

拼命去死／九把刀著；一初版.一臺北市：春天出版國際,2008.07
ISBN 978-986-6675-47-8（平裝）

857.83　　97012504

九把刀電影院 9
拼命去死

作　　者 ◎ 九把刀
作家經紀／活動洽詢 ◎ 群星瑞智藝能有限公司（02-55565900）
企劃主編 ◎ 莊宜勳
內頁插圖 ◎ Blaze
封面設計 ◎ 朱陳毅

發 行 人 ◎ 蘇彥誠
出 版 者 ◎ 春天出版國際文化有限公司
地　　址 ◎ 台北市忠孝東路四段303號4樓之一
電　　話 ◎ 02-2721-9302
傳　　真 ◎ 02-2721-9674
E－mail ◎ frank.spring@msa.hinet.net
網　　址 ◎ http://www.bookspring.com.tw
部 落 格 ◎ http://blog.pixnet.net/bookspring
郵政帳號 ◎ 19705538
戶　　名 ◎ 春天出版國際文化有限公司
法律顧問 ◎ 蕭顯忠律師事務所
出版日期 ◎ 二〇〇八年七月初版一刷
　　　　 ◎ 二〇一一年三月初版七十六刷
定　　價 ◎ 299元

總 經 銷 ◎ 楨德圖書事業有限公司
地　　址 ◎ 台北縣新店市復興路45號3樓
電　　話 ◎ 02-2219-2839
傳　　真 ◎ 02-8667-2510
印 刷 所 ◎ 鴻霖印刷傳媒股份有限公司
排　　版 ◎ 浩瀚電腦排版股份有限公司

ISBN 978-986-6675-47-8
Printed in Taiwan

DIE
HARDER

The meaning of being lies in immortality

DIE
HARDER

The meaning of being lies in immortality